Библиотека классической
и современной прозы

УДК 821.161.1-32
ББК 84(2=411.2)6-44
К42

**Юлия Ельнова-Эпифаниу:
Кипрские хроники. Memento Mori, или Помни о смерти.
Рассказы и повести** – К.: Серия «Библиотека
классической и современной прозы»

Общенациональная ассоциация
молодых музыкантов, поэтов и прозаиков,
2019. – 211 с.

Мудрые говорили, что память о смерти наполняет людей возвышенными чувствами и придаёт жизни смысл. Осознание того, что всякий земной путь обязательно имеет свой конец, заставляет человека трудиться и творить, любить и сострадать, верить и надеяться, ставить перед собой цели и идти вперёд.

Но случается порой, что люди покидают этот мир именно в тот момент, когда могли бы начать жить по-настоящему.

Для персонажей этой книги последней гаванью ослепительного парусника жизни, стремительно плывущего по иллюзорно бескрайним и непредсказуемым волнам судьбы, становится небольшой средиземный остров с богатейшей историей, овеянной мифами и легендами, — остров Кипр.

Как связаны между собой парусник жизни, остров Кипр и роковой выбор человека на перепутье жизненных дорог, уважаемый читатель сможет узнать из настоящей книги.

ISBN 978-5-907254-23-7
ББК 84(2=411.2)6-44

Юлия Ельнова-Эпифаниу

Кипрские хроники

Memento Mori,

или

Помни о смерти

Рассказы и повести

2019

Юлия Ельнова-Эпифаниу — русская писательница, прожившая большую часть жизни на небольшом средиземном острове с богатейшей историей, овеянной мифами и легендами, — Кипре. Столкновение менталитетов, традиций и жизненного уклада всегда порождает интересные и необычайные события и приключения. Именно действительность в духе «свой среди чужих, чужой среди своих» подтолкнула к написанию  серии рассказов и повестей, описывающих судьбы людей из разных уголков мира. Волей слепого случая земной путь героев привёл их на остров богини любви и красоты Афродиты, а возможно, и трагически оборвался там. Прототипами персонажей послужили реальные личности, смерть которых, пусть иной раз страшная в своей нелепости и непредсказуемости, тем не менее наводит на мысль о некоем неизбежном фатуме или роке, к которому человека безрассудно влечёт его собственный неосознанный выбор на перепутье жизненных дорог...

Кипрские хроники.

Memento Mori,

или

Помни о смерти.

Рассказы и повести

Каждое утро думай о том, как надо умирать. Каждый вечер освежай свой ум мыслями о смерти. Воспитывай свой разум. Когда твоя мысль постоянно будет вращаться вокруг смерти, твой жизненный путь будет прям и прост. Твоя воля выполнит долг, твой щит станет непробиваемым.

Из заповедей японских самураев

В основе каждого повествования лежит реальное происшествие (или: инцидент, факт, случай). Однако все описанные события, персонажи, их характеры и судьбы являются художественным вымыслом автора. Всякое сходство с реальными событиями и лицами случайно.

Сжигающая любовь

Любовь — самая сильная из всех страстей, потому что она одновременно завладевает головою, сердцем и телом.

Вольтер

Глава 1

— Ка́рмен! Ка́рмен! — звал в нетерпении женский голос.

Крики, доносящиеся с улицы, с лёгкостью проникали внутрь через распахнутое окно и, казалось, наполняли невыносимым пронзительным звуком всю комнату.

— Да тише ты, не ори! — раздражённым шёпотом, высунувшись наружу, ответила молодая и очень красивая девушка. — Сейчас выйду!

С видимым усилием она накинула на голое тело лёгкое цветастое платьице, сунула ноги в бамбуковые сандалии, мельком взглянула на своё сонное лицо и взлохмаченные волосы в зеркало и, равнодушно махнув рукой, вышла из дома. Во дворе, стоя как раз под тем самым раскрытым окном, через которое так хорошо доносился уличный шум, её ждала другая молодая девушка, в чём-то в точности похожая на неё: тот же невысокий рост, то же стройное миниатюрное тело и те же выразительные азиатские черты лица. Даже длинные чёрные волосы, волной ниспадавшие каждой из них на плечи, были приблизительно одной длины. С одного мимолётного взгляда их легко можно было бы принять за сестёр, но, задержись взгляд ещё хотя бы на секунду дольше, никто бы уже не осмелился сказать, что между двумя этими молодыми особами есть хоть что-то общее: так разительно отличалось впечатление, возникающее у постороннего наблюдателя, глядевшего на них.

Та, что ожидала на улице, была обыкновенной и типичной жительницей своей страны... Но та, что только что вышла из дома, представляла собой незаурядное зрелище. В каждом движении её, в каждом жесте сквозило что-то необыкновенно женственное. Все её невысокое тело было так удачно и пропорционально вылеплено, что, казалось, не оставляло возможности найти в нём хоть какой-нибудь изъян. Длинные, совершенной формы ноги и естественная гордая осанка компенсировали единственный возможный недостаток — рост, придавая ей визуальность высоты. Все её лицо выражало какое-то трогательное изящество: миндалевидные глаза казались огромными для её аккуратного маленького и нежного личика, а точёный носик и высокие скулы выдавали в ней некую врождённую аристократичность, словно азиатская царица Томирис сошла со страниц истории! Впрочем, в чертах её лица также прослеживалась явная примесь крови, очевидно, испанской...

— Ну что ты так раскричалась? — протянула она все ещё сонным и от этого хрипловатым голосом. — Ты же знаешь, она просыпается от всякого шума. Я и так из-за неё всю ночь не спала. Боже! Неужели это никогда не закончится?!

— Не волнуйся так. Конечно же, закончится, — ответила притворно утешительным голосом её подруга. —

У меня племянник только до года так по ночам орал, а в полтора уже спал до утра как миленький. Так что тебе недолго уже терпеть осталось. Конечно, если к тому времени вы не успеете заиметь второго ребёночка, — тут же с ехидцей ввернула она.

— Ты это о чём? — с раздражением отреагировала замученная бессонными ночами юная мать. — Ещё детей? Да никогда в жизни! Если бы знала, что меня ждёт, то и этого маленького чудовища бы не было. Все соки из меня высосала. Не представляю, как я смогу теперь принадлежать самой себе? Это что же, теперь и есть моя жизнь?..

— А Бенли, между прочим, в ней души не чает, — вставила вторая. — Говорит, что она — вылитая ты, такая же красавица, и всем рассказывает, как ты прекрасно вошла в роль матери и что у вас будет ещё, по крайней мере, пятеро детей...

— Бенли — чокнутый! — грубо прервала её Ка́рмен. — После свадьбы совсем другим человеком стал. Говорит только о детях да о семейных ценностях. Носится, как кот с маслом, с этим визжащим комочком. Всё, что его сейчас волнует, — это где достать деньги на свинью к крестинам. Собирается праздновать это из ряда вон выходящее событие с учётом всех существующих традиций и готов в долги войти, лишь бы только накормить всех своих голодранцев-родственников! — злобно и с нескрываемой иронией рассмеялась она.

— А знаешь, — задумавшись, тихо сказала её подруга, — тебе ведь все завидуют. Кто бы мог подумать тогда, в университете, что из первого красавчика и гуляки Бенли выйдет такой заботливый муж и отец. В него и тогда были влюблены все девчонки с нашего курса, несмотря на то что все считали, что у него на уме только развлечения и весёлая жизнь.

— Пожалуйста, вот пусть и забирает его к себе любая. И желательно с этим кричащим кульком, — с неподдельным отвращением на лице ответила Ка́рмен. — А я его больше видеть не могу! Я уже по горло сыта семейной жизнью!

Нервным жестом она откинула упавшую на лицо прядь волос и бросила неприязненный взгляд в сторону открытого окна.

— Ну тогда тебе будет интересно послушать о том, с чем я к тебе пришла, — интригующим тоном объявила её собеседница. — У меня есть чудесные новости!

На тонких чертах Ка́рмен отобразилось удивление, с некоторой примесью озадаченности и недоверия:

— Новости… у тебя? Какие у тебя ещё могут быть новости?.. — и она высокомерно повела плечами. — Впрочем, давай, не томи! Это маленькое чудовище может проснуться в любой момент, — поторопила она.

— Так вот, — с торжественным видом начала её подруга. — Мне уже давно осточертела эта безденежная жизнь, и несколько месяцев назад я отвезла документы в Манилу — в одно агентство, занимающееся трудоустройством за границей. Представляешь, сегодня мне позвонили и сказали, что меня приглашают на работу!

На этих словах она запрыгала на одном месте, хлопая при этом в ладоши.

— Это что, как тётка Бенли ездит? — ошарашенно спросила Ка́рмен.

— Да так пол-Филиппин ездит! И неплохо, между прочим, зарабатывают, — вторая половина фразы прозвучала с особым удовлетворением.

— И куда же ты едешь? — заинтересованно протянула Ка́рмен.

— Да пока не знаю! Все равно куда — лишь бы подальше отсюда. Деньги оправдают любое местопребывание.

А когда вернусь... — но закончить ей так и не удалось, потому что Ка́рмен в нетерпении дёрнула её за руку.

— Слушай, Люс, а мои документы ты смогла бы туда отвезти? Ты когда теперь там будешь?

Глаза её собеседницы вначале широко распахнулись от удивления, а затем загадочно сузились, как бы пряча какие-то потаённые мысли.

— А зачем тебе? Бенли же для тебя старается, зарабатывает. Неужели тоже нужда заела?

— Да при чём здесь нужда!? Я жить так больше не могу! — закричала она в исступлении. — Мне нужна назад моя свобода, или я скоро сойду с ума!

— Но как же ты думаешь ехать? Он же тебя так просто не отпустит. Вы же, можно сказать, ещё молодожёны... — как-то странно усмехнулась Люс.

— Ещё чего, не пустит! Постараюсь убедить его, что делаю это ради его распрекрасных свиней. Ну ты ведь мне поможешь? — Ка́рмен снова требовательно схватила свою подругу за руку. — Ты отвезёшь мои документы в Манилу? Самой мне туда сейчас никак не добраться...

Люс медленным движением осторожно освободила свою руку и отвернулась в сторону, как бы о чём-то раздумывая. Её лицо, скрытое от глаз Ка́рмен, отражало бурю быстро сменяющих друг друга эмоций. Затем, словно спохватившись, она резко повернулась и обняла свою подругу, поспешно заговорив:

— Конечно же, моя дорогая Ка́рмен, я сделаю ради тебя всё, что ты попросишь. Ты же знаешь, я — единственный человек, который тебе всегда поможет в трудную минуту. Я обязательно отвезу твои документы и сделаю это как можно скорее.

Теперь черты её лица выражали безмятежное спокойствие и полную уверенность в некоем мгновение назад принятом и только ей одной известном решении.

Ка́рмен между тем, окрылённая открывшимися перед ней перспективами, в считанные минуты переменилась и из уставшей раздражённой девушки превратилась в полную сил и энергии будущую завоевательницу мира. Даже громкий плач грудного ребёнка, внезапно разорвавший наступившую тишину, на этот раз не смог вызвать у неё обычного приступа раздражения.

Обе девушки ещё немного помолчали. Застыв с мечтательным выражением лица, каждая думала о чём-то своём. Затем Ка́рмен, попрощавшись, направилась к дому. Она плавно шла окрылённой походкой человека, которому только что выпал второй шанс начать жизнь заново.

Глава 11

Прошло несколько дней. В окутанной полумраком комнате Ка́рмен сидела перед зеркалом, рассматривая своё отражение. В углу в маленькой кроватке мирно посапывал ребёнок. Последние лучи солнца, проникавшие в окно через тонкую занавеску, окрашивали все окружающие предметы в какой-то мягкий и таинственный розовый цвет. Лицо Ка́рмен, освещённое этим светом, казалось ещё более привлекательным и манящим.

Медленным движением она провела рукой по своей щеке, затем по шее и плавно опустила её на грудь. Глаза её, казалось, смотрели куда-то сквозь зеркало — таким отрешённым и затуманенным был её взгляд. Стараясь не производить ни малейшего шума, в комнату осторожно вошёл молодой человек и сразу же направился к детской кроватке. Его лицо, обращённое к ребёнку, выражало саму нежность и отеческую заботу. Постояв немного над младенцем, он тихо подошёл к Ка́рмен и обнял её за плечи. Девушка, очевидно, блуждавшая мыслями где-то вдали, не почувствовав в комнате присутствия другого человека, резко вздрогнула и полуобернулась.

— А, это ты, Бенли... — как-то разочарованно проговорила она, нехотя возвращаясь к действительности.

Молодой человек притянул её к себе сильными мускулистыми руками и с нескрываемым обожанием заглянул в лицо.

— Ты стала ещё красивее, Ка́рмен, — с нежностью прошептал он. — Материнство тебе к лицу...

Он ласково провёл рукой по её лицу тем же самым жестом, что и несколько минут назад сама Ка́рмен, и задержался на её груди. Лицо девушки при этом как-то нетерпеливо поморщилось, и, отстранившись, она потянула его за собой прочь из комнаты.

— Да, ты права, малышка так неспокойно спит, не будем её тревожить, — заботливо прошептал он, плотно закрывая за собой дверь спальни. — Думаю, с крестинами лучше не торопиться. Пусть Сюзи подрастёт, окрепнет. Да и я смогу собрать бо́льшую сумму, и тогда мы сможем купить не одну, а парочку свиней, чтобы отметить этот праздник как можно достойнее.

Видно было, что мысли о предстоящем событии вызывали у него приятное волнение и радость. Он искренне не замечал, что каждый раз при подобных рассуждениях на лице его любимой жены застывала маска смертельной скуки.

— Как дела в школе? — безразличным голосом бросила она первую попавшуюся фразу, чтобы сменить ненавистную ей тему.

— Всё нормально. Мне всё нравится. Вот только зарплата школьного учителя по физическому воспитанию оставляет желать лучшего, — со смехом добавил он. — Ну ты и сама это знаешь. Мы все это знали ещё с университета: чтобы дойти до нормальных денег, нужно иссушить себя теорией и экзаменами, закончить на мастера, а потом ещё сесть за докторскую. Откровенно говоря, всё это не по мне... Я люблю живой спорт, а не по книжкам!

При этих словах он небрежно похлопал себя по рельефным мускулам.

— Вот только жаль, что я до сих пор не смог осуществить твою мечту и купить тебе небольшой автомобиль, — сказал он уже посерьёзневшим голосом, снова обнимая жену. — Я чувствую себя таким виноватым, что не могу дать тебе того, чего ты достойна...

Послушно дав себя обнять, Ка́рмен нахмурилась ещё больше от напоминания о недостижимости желанной игрушки. Вся жизнь в маленькой Авроре показалась ей ещё более пресной и тоскливой. Рутина и обыденность — вот что ждёт её в этом унылом филиппинском городишке. И в тот же миг её внезапно озарила мысль о том, как приступить к осуществлению её недавно созревшего плана, который должен будет привести её к долгожданной свободе.

Она нежно обвила руками шею своего мужа и заговорила самым искренним голосом, на который была способна:

— Милый мой, Бенли, ну о чём ты говоришь? В чём же ты можешь быть виноват передо мной? Это я чувствую себя совершенно никчёмной от того, что никак тебе не помогаю в твоих стараниях для будущего нашей маленькой Сюзи.

От неожиданности Бенли опешил:

— Ка́рмен! Ты же кормящая мама! Ты недавно родила ребёнка и полностью посвящаешь себя обязанностям по его уходу. Никто не ждёт от тебя чего-то большего!

— Ах, Бенли!.. Прошли те времена, когда женщина сидела дома и занималась только хозяйством и детьми. Современная женщина должна быть полноправным партнёром своему мужу. В конце концов мы вместе заканчивали университет... А знаешь, — после небольшой паузы добавила она, — я восхищаюсь твоей тётей Джанет...

— Ха! Тётей Джанет! Да она же полжизни провела неизвестно где, родных детей годами не видела....

— Зато она смогла обеспечить им достойное будущее! — деловито ответила Ка́рмен. — Её старший сын, если я не ошибаюсь, сейчас учится в Маниле на адвоката.

— Но Ка́рмен, — Бенли озабоченно вглядывался в лицо своей жены, — не хочешь ли ты сказать, что тоже способна на такое?! Оставить меня, нашу маленькую Сюзи и всё ради чего? Денег?..

— Нет, конечно! — Ка́рмен рассмеялась так, как будто сама подобная мысль показалась ей полным абсурдом. — Ты же прекрасно знаешь, что я без вас умру. Просто, — добавила она вкрадчиво, — я чувствовала бы себя намного лучше, если бы смогла хотя бы как-то помочь тебе в подготовке к крестинам... Я знаю, для тебя так важно, чтобы всё прошло самым наилучшим образом. Если бы я могла заработать какие-то деньги и мы смогли бы позволить себе купить не только свиней, но и корову... О, ради этого я бы пожертвовала несколькими месяцами разлуки! — давя внутри себя смех, притворно присовокупила она.

Закончив ключевую фразу, Ка́рмен умолкла в ожидании реакции мужа. Стараясь не переиграть, она рассеянно смотрела в сторону, в то же время пытаясь угадать, правильную ли она выбрала тактику. Бенли тоже молчал.

Казалось, он напряжённо о чём-то думал. Затем он резко поднялся и подошёл к открытому окну. До Ка́рмен донеслись его тихие слова:

— Да, ты права... Ты совершенно права. В конце концов это всего лишь несколько месяцев. А потом мы сможем сразу же устроить крестины, и не придётся брать ни у кого взаймы...

Ка́рмен изумлённо уставилась на спину мужа. От столь лёгкой победы она внезапно ощутила смесь разочарования и скуки. «И стоило столько дней мучиться и думать, как завести разговор?..» — подумалось ей, и она перестала больше вслушиваться в его бормотание.

— Ка́рмен, — наконец громко произнёс Бенли, всем телом разворачиваясь к жене, лицо его выражало вымученную решительность, — я завтра же поговорю с тётей Джанет и выясню, каким образом я мог бы получить работу за границей. Мне повезло, что у меня такая умная и великодушная жена. Да, мы пожертвуем несколькими месяцами разлуки, но, когда я вернусь, я смогу осуществить все наши замыслы: справить крестины, подарить тебе авто и, может быть, даже начать свой небольшой бизнес...

— Но Бенли... — только и нашлась, что сказать опешившая Ка́рмен. — Я имела в виду, что ехать-то должна я...

— Об этом не может быть и речи, — твёрдо произнёс её муж. — Я никогда не позволю себе воспользоваться твоей добротой и жить за счёт женщины, как делают, к моему стыду, большинство филиппинских мужчин. Возьми хотя бы мужа тёти Джанет: в то время как его жена зарабатывает на всю семью в чужих краях, он не работает годами, а только и делает, что меняет любовниц. Мужчины, имеющие сильных характером жён, берущих на себя все тяготы по содержанию семьи, постепенно перестают быть мужчинами.

— Да, ты совершенно прав, мой дорогой: рядом с сильной женщиной мужчина неизбежно становится слабым, — быстро заговорила наконец пришедшая в себя Ка́рмен, пытаясь ещё успеть вернуть ситуацию под контроль. — Но в нашем с тобой случае это совершенно исключено! Посмотри на себя, — в её голосе послышались соблазняющие нотки. — Кто может быть более мужественным, чем ты?.. Да и потом, я полностью тебе доверяю...

Но или Ка́рмен перестаралась с обольстительной манерой речи, или на Бенли так подействовала одна только мысль о возможном с ней расставании, — как бы там ни было, а дальнейший разговор пришлось отложить, так как дело вскоре приняло совсем неделовой оборот...

Глава III

От сознания того, что план её явно разваливался на глазах, Ка́рмен перестала спать ночами. Недооценив твёрдости характера своего мужа и силы его любви к ней, она попала в расставленную ею же самой ловушку. Все её дальнейшие попытки заговорить на тему возможности её поездки на заработки Бенли обрезал на корню. Сам же, очевидно, не на шутку вознамерился осуществить задуманный Ка́рмен план и уже делал к этому некоторые шаги. От всего происходящего у Ка́рмен шла голова кругом. Люс, как назло, исчезла, и с того самого дня, как она в полной эйфории уехала в Манилу, от неё не было ни слуху ни духу. Неизвестно было даже, передала ли она в агентство документы Ка́рмен. «Скорей всего, эта чокнутая и не подумала этого сделать! — со злостью мнилось Ка́рмен. — Улетела себе, небось, давно... У неё же от радости явное умопомрачение произошло!» Впрочем, это было не совсем похоже на Люс: уехать в другую страну на столь длительный срок и даже не позвонить, чтобы попрощаться?.. Она же столько раз уверяла Кáрмен, что считает её своей лучшей подругой. Ей, Кáрмен, конечно же, всё равно, что там считает эта несчастная дурочка, но всё же... Что-то здесь было не так, но что именно, Кáрмен уже не могла разобрать, так как всё снова виделось в чёрных красках, да и настроение было ни к черту.

...Дни шли за днями, незаметно сменяя один другой, когда однажды утром раздался неожиданный телефонный звонок.

— Могу я поговорить с миссис Пинсон? — послышался в трубке приятный женский голос с налётом официальности.

— Да, это я, — настороженно ответила Кáрмен, — я слушаю вас.

— Меня зовут Сюзанн Лопес, и я звоню вам из «Филрекрут», агентства по трудоустройству в Маниле. У нас имеются ваши документы, и мы хотели бы знать, заинтересованы ли вы ещё в возможности получить работу за рубежом?

От услышанного у Кáрмен перекрыло дыхание, и последующая пауза, видимо, показалась её собеседнице несколько долгой.

— Алло, алло, миссис Пинсон! Нас, кажется, разъединили?

— Да, да! То есть нет, нет! — наконец закричала Кáрмен, нервно сжимая в руках телефонную трубку. — Я очень заинтересована в работе!

— Очень хорошо. В таком случае я должна сообщить вам, что к нам поступила заявка на вас, и потенциальный работодатель просит об интервью с вами через Skype. Вы могли бы завтра утром подойти в наше агентство?

— О-о! — жалобно протянула Ка́рмен, и сердце её упало, — я живу очень далеко от Манилы... Аврора... — начала лепетать она не совсем связно, — десять часов поездом... У меня нет такой возможности...

— Ну что ж, — деловито прервал её женский голос, — я передам это клиенту и сообщу вам о результате.

Послышались короткие гудки. Ка́рмен в растерянности уставилась на телефонную трубку. И тут её обуяла паника: «Что я наделала?! Я должна была сказать, что приеду, что найду способ! А теперь она больше не перезвонит!.. И я даже не знаю, как с ними связаться! Какое это было агентство?.. И как её там фамилия: Лорес, Долорес? Или это имя?»

Ка́рмен в отчаянии не находила себе места. Люс всё-таки сдержала своё обещание и, хоть и не попрощавшись, передала её документы. И вот он, долгожданный шанс! Он был так близко! А она, Ка́рмен, сама же всё испортила!

Девушка судорожно сжимала и разжимала руки, не зная, что предпринять. В какой-то момент до неё донёсся захлёбывающийся вопль её дочери. Ребёнок, должно быть, проснулся и плакал уже довольно давно, судя по истерическим ноткам в его криках, но Ка́рмен даже не замечала этого. Наконец она медленно поднялась и шагом приговорённого человека направилась в комнату, откуда доносился плач.

Глава IV

Прошло три дня. Ка́рмен бродила по дому как тень. У неё не оставалось уже ни сил, ни желания скрывать свои чувства от домашних. Всё было ненавистно ей вокруг: муж вызывал отвращение, ребёнок — раздражение, а всё окружающее — безразличие.

Бенли начал не на шутку волноваться за здоровье своей жены. На его письменном столе Ка́рмен заметила небольшую книжицу. Прочитав название — «Послеродовая депрессия», — одна невесело усмехнулась: можно подумать, что то, что она чувствует, началось у неё после родов. Да она, ещё только забеременев, сообразила, что её теперь ждёт, и поняла, что такая жизнь её устраивать никак не может! Она бы и от плода-то отделалась с большим удовольствием, да вот Бенли не позволил. Дура была! Надо было никого не слушать, а делать то, что считала нужным. А теперь вот приходиться сидеть, как узнице, дома, и просвета этому не видно. Хотя кто бы мог подумать, что такой любитель весёлой и беззаботной жизни, как Бенли, станет совершенно другим человеком за каких-то там полтора года?.. Ведь как здорово было раньше! Влюбив в себя самого популярного парня университета, Ка́рмен и сама стала местной знаменитостью. Каждый вечер — шумные компании, разгульная жизнь, всё время что-то новенькое. Любой был рад затащить их в свою тусовку. Ка́рмен тогда гордилась Бенли. Ещё бы! Красавчик, лучший спортсмен, всеми обожаемый. Даже у учителей он всегда был на особом счету: ему всегда готовы были натянуть оценку, как бы плохо он ни ответил. Но ещё больше Ка́рмен гордилась собой! Ведь до неё Бенли менял подружек как перчатки, каждый семестр — новая. Соблазнить его, конечно, не составляло особого труда (Бенли был из тех парней, кто в отношении девушек твёрдо придерживался принципа «если женщина просит»), но вот удержать его возле себя! О, этого до Ка́рмен ещё никому не удавалось!

Окунувшись в воспоминания, она мечтательно взяла в руки фотографию Бенли, стоявшую на журнальном столике… А теперь, что с ним стало?.. Скучнее типа не найти во всей округе. Если бы Ка́рмен хоть на минуту могла предположить, что из-за этого день и ночь визжащего комочка она буквально потеряет своего возлюбленного, она бы ни за что не позволила этому случиться! Но Бенли так настаивал на том, чтобы оставить ребёнка, уверял, что ей во всем поможет его мать… Ка́рмен и расслабилась, поверив, что сразу после родов сможет сбыть младенца на мамашу Бенли, которая уже и так вырастила целую толпу его братьев и сестёр (одним больше, одним меньше), а они смогут спокойно продолжить полюбившийся образ жизни. Но, к огромному удивлению Ка́рмен, муж вдруг стал старательно играть роль добропорядочного семьянина; заставлял её кормить ребёнка грудью, а в связи с этим не позволял ни капли алкоголя; уверял, что хождения в ночные клубы будут ей только во вред, да и сам после работы всё время торчал дома.

Поток невесёлых мыслей Ка́рмен был прерван телефонным звонком. «О боже! — простонала она. — Это уже третий раз за сегодняшнее утро! Лучше бы он волновался за моё здоровье каким-то другим способом да вывел бы куда-нибудь поразвлечься…» Ка́рмен медлила подходить к телефону, но в конце концов, решив, что лучше ответить, чем усугублять вероятность того, что звонок сейчас разбудит ребёнка, двинулась к аппарату. В общем-то, девочка последнее время стала гораздо более сносной и спала по много часов в день. Ка́рмен, как могла, способствовала этому: она просто не выносила дочь, когда та бодрствовала.

— Да, дорогой, со мной всё в порядке, я великолепно себя чувствую, — на этот раз решив опередить мужа, протараторила она в трубку.

— Excuse me, may I talk to Mrs Pinson?[1] — неожиданно услышала Ка́рмен в ответ. Женщина, говорящая на дру-

---

[1] Простите, могу я поговорить с миссис Пинсон? (*англ.*)

гом конце провода, явно не являлась её мужем и, судя по обращению по-английски, была иностранкой.

— Я вас слушаю, — ответила ей Ка́рмен в замешательстве, хотя и стараясь как можно быстрее перестроиться на другой язык.

— Меня зовут Мария Лазаридис, и я звоню вам с Кипра. Мы подыскиваем себе домработницу, и в агентстве нам дали ваш телефон. Я бы хотела задать вам несколько вопросов.

Затем последовал целый допрос, в основном касающийся анкетных данных Ка́рмен. На вопросы отвечать было довольно-таки легко: английский, к счастью, был вторым, после пилиппино, языком на Филиппинах. Не знать его могли лишь самые бедные слои населения и люди более пожилого возраста, так как до 1986 года испанский язык изучался в школах вместо английского и выступал в стране в качестве лингва франка. К тому же девушка достаточно быстро сообразила, что чем длиннее и пространнее её собственный ответ, тем более воодушевлённо звучит голос её собеседницы. Видимо, для будущей работодательницы её знание английского имело решающее значение. В конце беседы та удовлетворённо объявила:

— Было очень приятно с вами пообщаться! Надеюсь вскорости увидеть вас на Кипре.

Ка́рмен в восторге прыгала на одной ножке! Судьба дала ей ещё один шанс, и наконец-то ей удалось использовать его по назначению. Буквально через десять минут последовал ещё один телефонный звонок, на этот раз от Сюзанн Лопес из агентства, подтверждающий приглашение на работу. Оказалось, что её будущая хозяйка уже имела плачевный опыт со своей предыдущей домработницей, которая ни слова не могла произнести по-английски, и поэтому хотела собственноручно убедиться, что в данном случае всё в порядке.

Вечером с работы вернулся муж.

— Люс передавала тебе привет, — бросил он с порога.

— Как Люс?! Она тебе что, звонила?!

«Почему не мне?» — удивлённо промелькнуло у Ка́рмен в голове.

— Зачем сразу звонила? — Бенли пожал плечами от неуместного вопроса, углядев в нем намёк на ревность. — Я по дороге домой её встретил. Она откуда-то вернулась недавно, кажется. Сказала, что на днях к тебе зайдёт.

Всё это выглядело более чем странно, но размышлять над этим Ка́рмен вовсе не хотелось: теперь ей было с кем поделиться её важной новостью!

— Бенли, миленький, ты побудешь с нашей маленькой Сюзи? Я ужас как соскучилась по Люс: хочу к ней сегодня же сходить сама!

— Конечно же, дорогая, иди, если тебе так хочется, — и, хотя Бенли был несколько удивлён столь горячими эмоциями жены (по отношению к своей подруге она обычно отзывалась в более скучном тоне и пренебрежительной манере), он посчитал, что в её теперешнем состоянии приятная встреча может вполне пойти ей на пользу.

Ка́рмен тут же бросилась собираться и через пять минут, полная энтузиазма, уже летела по нешироким улочкам Авроры.

— Люс! — что есть сил закричала она, буквально врываясь в дом своей подруги.

Та стояла у распахнутого окна и в ответ на крики повернула к входящей своё заплаканное лицо. Ка́рмен, которую душила её собственная радость, даже не заметила этого.

— Боже! Что я тебе сейчас скажу! Ты просто умрёшь: я тоже еду! Мы едем вдвоём, представляешь!? Кстати, куда именно тебе предложили контракт? Случайно, не на Крит, или Кипр, или... ну, в общем, какой-то остров в Средиземном море. А то как бы здорово было поехать вместе! — Ка́рмен остановила на секунду свою тираду, чтобы вдохнуть глоток воздуха, и только сейчас обнаружила, что с её подругой что-то не так.

— Кстати, а как это ты до сих пор не уехала? Я-то уже, грешным делом, вообразила, что ты давным-давно укатила и на радостях даже не передала мои документы... — начиная подозревать что-то неладное, осторожно спросила она.

Люс всё ещё стояла в каком-то ступоре и, не отвечая, глядела на подругу холодным и неподвижным взглядом. «Взглядом, полным ненависти» — мелькнуло в голове у Ка́рмен, и она вздрогнула от неуютного ощущения.

— Да не молчи ты! Объясни толком, в чём дело! — нервозно прикрикнула она.

Глаза Люс сузились ещё больше, когда она глухо ответила:

— Я никуда не еду. Контракт сорвался, и документы, в которые я вложила все мои деньги, через пару месяцев будут просрочены. Если учитывать, что и этого предложения я дожидалась восемь месяцев, шансов не остаётся совершенно никаких. А ты хочешь мне сейчас сказать, что тебя уже выбрали?..

— Ну да, ты же уехала около месяца назад, — неуверенно пробормотала Ка́рмен, — а в таких делах, как в лотерее, всё может случиться в любой момент: и через месяц, и через два. Да не переживай ты так! Наверняка ещё что-нибудь появится в ближайшее время.

— Я отдала твои документы две недели назад, — игнорируя последнюю фразу, неживым голосом отчеканила Люс.

Ка́рмен вдруг почувствовала, что если она ещё хоть немного останется в этой атмосфере отчаяния и неприкрытой неприязни, то растеряет своё собственное ликующее настроение, и, махнув досадно рукой, она буркнула:

— Ладно, поговорим в другой раз...

Глава V

Уговорить Бенли согласиться на её отъезд оказалось очень нелегко, но всё же Ка́рмен это удалось. Самым мощным аргументом стало то, что после недолгих подсчётов выяснилось: доход от контракта даёт им вполне реальную возможность купить ферму или какой-нибудь другой бизнес. А затем Ка́рмен клялась и божилась, они будут неразлучны до конца дней своих! Не забыла она использовать и ещё один веский довод, приведя в пример Люс: мол, видишь, как люди долго ждут такого шанса? А он ещё и сорваться может. К нам же — сам в руки идёт!

После долгих уговоров Бенли наконец-то сдался. Все последующие дни перед отъездом в Манилу протекали в ажиотаже и полной суматохе. Муж несколько раз порывался взять билет на поезд, чтобы отвезти Ка́рмен в столицу, но та категорически ему это запрещала, ссылаясь в основном на маленькую Сюзи, которая, бедняжка, тогда останется без мамы и без папы. Реальная причина, конечно же, крылась совсем в другом: Ка́рмен торопилась вдохнуть в свои лёгкие глоток воздуха свободы, ей до чёртиков надоело здесь всё, включая мужа. В Маниле она собиралась остановиться у старенькой тёти, так как нужно было ещё пройти медкомиссию и отнести все документы в Министерство Иностранных дел за специальными печатями, а затем, отослав всё на Кипр, ждать, когда придёт виза. Это вполне могло занять ещё пару недель.

И вот он, долгожданный день отъезда! На перроне собралась целая толпа родственников, в основном родня мужа во главе с ним самим, держащим на руках Сюзи. Как ни странно, глядя на свою столь нелюбимую дочку, сегодня Ка́рмен испытывала чувства, чем-то отдалённо напоминающие материнские. Доселе неведанная ей нежность сжала сердце, когда она, по привычке разыгрывая спектакль, взяла ребёнка на руки, чтобы поцеловать. Глядя в не по-детски печальные глаза девочки, она вдруг почувствовала острое, щемящее чувство в груди, что-то сродни болезненному сожалению, и ощущение чего-то необъяснимого и ужасного, но такого, что ещё можно исправить здесь и сейчас, обжигающей волной охватило её душу… Ка́рмен пошатнулась и беспомощно оглянулась назад, в полной растерянности не отдавая себе отчёт, зачем она это делает. Внезапно она выхватила из толпы провожающих взгляд Люс — всё тот же холодный, неподвижный и полный ненависти взгляд, какой остался в её памяти от их последней встречи. Девушки молча смотрели друг на друга: Ка́рмен — затравленно и испуганно, Люс — отчуждённо и не по-доброму. Казалось, между подругами детства происходит какой-то немой диалог. Вдруг Ка́рмен почувствовала тепло рук на своём теле: это муж, заметив её нехорошее состояние, обнимал её, чтобы как-то поддержать. Взглянув в его лицо, она увидела, что он откровенно плачет, не пытаясь даже скрывать это от окружающих. Как ни странно, кольцо этих любящих рук не только не успокоило Ка́рмен, но ещё более усилило в ней непонятно откуда взявшуюся и всё нараставшую тревогу. Ей вдруг захотелось всем телом прижаться к Бенли и никуда-никуда не уезжать из этой тихой и безопасной гавани, которой в эти мгновения неожиданно увиделась ей её жизнь в Авроре. Жар, распирающий её изнутри, становился всё сильнее, и казалось, спазмы сжимают её горло, не давая дышать. В этот момент она заметила приближающуюся Люс. Ка́рмен медленно отстранилась от мужа и подошла к подруге.

— Что застыла? — насмешливо бросила ей та, оттягивая Ка́рмен всё дальше от Бенли. — Его слезы высохнут, как только поезд тронется с места. Покажи мне хоть кого, кто бы действительно ждал свою жену. Они только деньги и ждут, а затем тратят их и заводят себе любовниц!

Ка́рмен знала, что Люс попросту завидует ей, завидует её везучести, тому, что она так сильно любима, но циничные слова уже посеяли свои семена, и Ка́рмен, ещё раз в сомнении оглянувшись на мужа, почувствовала, что неизвестно как накатившая на неё тяжесть в сердце куда-то исчезает, а вместе с ней проходит и чувство чего-то неправильного и непоправимого. Уже с повеселевшим видом она окинула в последний раз толпу провожающих её людей и решительно шагнула на ступеньку поезда.

Глава VI

В Маниле делать оказалась совершенно нечего. Не имея в огромном городе ни единой знакомой души, за исключением престарелой тётушки, Ка́рмен не знала, куда ей пойти и чем заняться. Постаравшись как можно быстрее справиться с документами и отослать их на Кипр, она с нетерпением ждала разрешения на въезд. Бенли звонил каждый день, объясняя подобную расточительность тем, что вскоре, разделённые океаном, они не смогут себе позволить и этого. Ка́рмен снисходительно выслушивала его бесконечные признания в любви, жалобы на то, как ему пусто без неё, и подробные отчёты о развитии Сюзи, наподобие того, что сегодня она три раза засмеялась, а вчера не съела всю кашу. Всё это навевало на Ка́рмен сонливость и зевоту, и только к концу разговора она обычно начинала забавляться: последние две минуты, перед тем как положить трубку, муж уделял Люс: говорил о том, какая она оказалась преданная подруга и как каждый день навещает Сюзи, помогая им чем может.

«Это она тебя навещает, дорогой мой! — усмехалась про себя Ка́рмен. — Ну-ну, что там ещё задумала эта глупая курица?.. Как это я сразу не догадалась, что она по уши в него влюблена? Что ж, даже если Бенли решит тряхнуть стариной и осчастливит её парочкой-другой ночек, с меня не убудет, но ничего большего ей точно не светит. Снова потом будет слёзы проливать…» Размышления о тщетных трепыханиях так называемой «преданной подруги» несколько скрашивали свободный досуг, развлекая Ка́рмен, но всё остальное время она в мучительном нетерпении ожидала отъезда.

Визу она получила на руки вместе с билетами и остававшиеся два дня провела в приподнятом настроении, упаковывая чемоданы. Перелёт дался ей неожиданно тяжело: она ещё никогда не проводила столько часов в самолёте и чувствовала лёгкий приступ клаустрофобии. До Абу-Даби выдержать ещё было можно, но, просидев в аэропорту пять часов в ожидании транзитного самолёта, летящего в Ларнаку, она не могла заставить себя вступить на его трап без содрогания.

И вот наконец, измученная и уставшая, пройдя паспортный контроль и получив чемоданы, еле волоча ноги, она вошла в зал ожидания. Напротив выхода она заметила людей, выстроившихся в ряд и держащих в руках таблички. На одной из них огромными красными буквами было написано: «Ка́рмен Кадорна Пинсон». Ка́рмен медленно направилась к ней. Как заворожённая, она не сводила глаз с этих огромных алых букв, собранных вместе, чтобы обозначить её имя. Что-то странное было в них — не такое, как на других табличках, что-то, что пугало её и одновременно притягивало. Медленно двигаясь, Ка́рмен всё напряжённее всматривалась в них, и в какое-то мгновенье её воспалённые глаза увидели, как красные линии букв превращаются в огненные полосы, а её имя ярко пылает на белоснежной бумаге. В суеверном ужасе она протянула руку вперёд, пытаясь коснуться красных языков пламени, в то же время борясь с противоестественным желанием и... её ладонь оказалась в широкой смуглой руке человека, держащего табличку.

— Добро пожаловать, Миссис Пинсон! Меня зовут Харис Лазаридис, я — ваш работодатель, — весело проговорил он на английском языке, тряся её руку в радушном рукопожатии.

Ка́рмен впервые взглянула на человека, держащего картонный лист с её именем, и увидела перед собой мужчину средних лет, смуглого, темноволосого, с чуть серебряными висками и весёлым лицом. Уже придя в себя, она ещё раз пугливо взглянула на табличку и сразу поняла, что же в ней было такого необычного и так сильно отличало её от других: буквы на всех остальных были написаны чёрными чернилами.

Мужчина удовлетворённо оглядывал Ка́рмен с ног до головы. В глазах его поблёскивали шкодливые чёртики, а губы то и дело расплывались в улыбке. Он с лёгкостью подхватил один из чемоданов Ка́рмен и направился к выходу из аэропорта. Задыхаясь от августовского жаркого полуденного солнца, она чуть переставляла ноги и вот-вот готова была упасть в обморок, когда наконец они остановились перед огромным чёрным «Лэнд-Крузером». Заметив состояние девушки, мужчина поинтересовался, хорошо ли она переносит жару. Ка́рмен вынуждена была признать, что погода на Филиппинах сейчас приблизительно такая же и что даже влажность более высокая, но, видимо, проведя больше суток под кондиционерами самолётов и аэропортов, её организм среагировал на разницу температур подобным образом. К тому же с мая по ноябрь на Филиппинах проходил сезон дождей, и, благодаря этому и ещё сильным муссонам, жара так сильно не ощущалась.

Ка́рмен с удовольствием устроилась на просторном заднем сидении джипа, и последнее, что она успела запомнить, перед тем как провалиться в сладкую тяжёлую дрёму, — это жадный пристальный взгляд её водителя, отражающийся в зеркале заднего вида. Всю дорогу ей снились красные языки пламени, пожирающие белоснежную девственность бумаги, на которой, как она знала, должно было быть написано её имя…

Глава VII

Первые дни после своего приезда на Кипр Ка́рмен провела в каком-то подвешенном состоянии. Менее двух месяцев отделяло её от того дня, когда она сидела в своей комнате в Авроре и мечтала о том, как окажется в далёкой неизвестной стране, где жизнь её превратится в череду сплошных праздников и где ждёт её множество самых различных удовольствий и приключений. И вот мечты её сбылись: она здесь, вдали от дома и опостылевшего мужа, но почему же вместо ожидаемых радостных эмоций она не испытывает ровным счётом ничего?.. Серые будни в чужом доме, в чужой семье совсем не походили на тот фейерверк впечатлений, который она ожидала найти здесь. В обязанностях домработницы было мало чего привлекательного и романтичного. Кáрмен с безразличным видом обходила весь дом следом за своей хозяйкой (мадам Марией, как она просила себя величать), пытаясь запомнить, что и каким чистящим средством она должна чистить. Работодательница оказалась довольно непривлекательной женщиной внушительных размеров, которой было около сорока лет. В первый же день она засыпала Кáрмен уймой вопросов о её жизни на Филиппинах — то ли из праздного любопытства, то ли для того, чтобы в очередной раз убедиться в её хорошем английском. Посочувствовала, что она, бедная-несчастная, вынуждена была оставить такого маленького ребёнка, чтобы зарабатывать на жизнь, и пообещала, что здесь к ней все будут хорошо относиться.

Дом располагался в окрестностях Никосии — столицы, как успели оповестить Кáрмен. Это было средних размеров двухэтажное строение жёлтого цвета, с трёх сторон к которому плотно прилипали другие дома. Впрочем, между ними всё же оставалось расстояние в пару метров, но со стороны дома казались наседающими один на другой. В своём родном городке Кáрмен привыкла к огородам и садам, окружающим каждый домик и, таким образом, создающим нейтральную разделительную зону между соседями. Здесь же было ощущение полного отсутствия приватности...

Белые, жёлтые, светло-кофейные и светло-розовые здания, похожие друг на друга, выстроились в ряд по обе стороны неширокой улицы. Почти все они были ухоженными, свежевыкрашенными, с аккуратными клумбами цветов и кустарников. То тут, то там встречался какой-нибудь домик, совершенно утопающий в зелени, но большинство всё же красовалось чистыми и пустыми верандами с одним-двумя деревцами вдоль ограды. К таким домам и принадлежал дом мадам Лазаридис. По всей видимости, хозяйка не очень-то жаловала растительность на территории своих владений. В этом Ка́рмен успела убедиться после двух-трёх склок мадам Марии с её соседями из-за листьев их деревьев, бессовестно падающих на её сияющую чистотой веранду.

В общем же и целом она была несколько шокирована бедностью окружающей флоры, так как — в контраст Кипру — около половины территории Филиппин было покрыто влажными тропическими лесами.

У четы Лазаридис имелось двое детей: мальчик четырнадцати лет и девочка лет двенадцати. Оба были вылитыми копиями своей мамаши, включая её достоинства и недостатки. Любимое место обитания у всех троих была кухня, а вернее, холодильник. Членов семьи Лазаридис, за исключением разве что главы семейства, можно было застать там в любое время суток. Ка́рмен, конечно же, относила себя к людям, приветствующим удовольствия в их различной форме и проявлении и ценящим привлекательные стороны жизни, но всему же есть предел! Столь очевидная страсть к еде вызывала у неё лишь отвращение. Подтверждая важность, с какой в их семье относились к питанию, мадам принялась с самым серьёзным видом обучать Ка́рмен искусству кулинарии. Обмолвившись при этом, что, хотя таким деликатным делом, как приготовление пищи, будет, в общем-то, заниматься она сама, домработница всё же должна быть на подхвате.

Дети обращали мало внимания на появление нового человека в доме, скорее всего, не более чем на небольшое изменение в интерьере. Сразу было видно, что обременять себя хлопотами по уборке за собой не входило в их привычки. Всюду, где они задерживались более чем на пять минут, появлялась горка из фантиков, фольги от шоколада и пакетов из-под чипсов. Таким образом, проследить их путь перемещения по дому не составляло особого труда.

К концу первого месяца пребывания Ка́рмен в семье Лазаридис жизнь в доме постепенно вошла в свою колею. Хозяева, казалось, были очень довольны своим новым приобретением в лице Ка́рмен. Сэр Харис, проявивший себя человеком, недвусмысленно интересующимся противоположным полом, был явно рад присутствию молодой красивой женщины в доме. Его взгляд из скучного и полусонного, обращённого на жену, загорался весёлыми игривыми искорками при появлении в комнате Ка́рмен. Мадам Мария была же в полном восторге от того, как Ка́рмен мыла окна. А мыла она их и вправду до блеска: в полном остервенении механически натирала стеклянную поверхность, в сердцах кляня свою судьбу и бесконечно задаваясь вопросами, что же ей теперь делать в жизни дальше. Единственной отдушиной были прогулки по вечерам с собакой. Сэр Харис был заядлый охотник и по воскресеньям частенько уходил спозаранку в горы, беря с собою пса. Судя по его редкой и немногочисленной добыче (в лучшем случае это была одна-единственная куропатка), живности в кипрских лесах оставалось немного. Количество охотников явно превосходило количество зайцев или ещё кого бы то ни было, более или менее подходящего на роль добычи, так как время от времени по телевизору выдавали новости о том, что какой-то горе-охотник по ошибке подстрелил своего бедолагу-собрата, охотящегося из-за соседних кустов.

Собака была охотничьей породы, а потому на прогулках вела себя соответствующим образом. Но Ка́рмен это не особо раздражало. Прыжки, пробежки и резкие торможения, чтобы хоть как-то контролировать пса, заставляли её отвлекаться от невесёлых мыслей, а также давали возможность, не останавливаясь, быстро проходить улицу, оправдывая её упорное игнорирование своих коллег, работающих в соседских домах, и, судя по их внешности, её же сородичей. Особенно не затрудняясь в поисках объяснений этому немного странному чувству, Ка́рмен не испытывала ни малейшего желания вступать в какие-либо дружеские отношения с другими азиатскими девушками. Сейчас работа домработницы казалась ей просто унизительной, а все остальные филиппинки — дурочками, попавшими, как и она, впросак. Возвращаясь с прогулок, Ка́рмен обычно ощущала лёгкий прилив энергии, но каждый раз перед сном мучительное чувство безысходности накатывало сызнова. Из-за нежелания быть там, где она есть, и нежелания возвращаться туда, откуда она приехала, складывалось ощущение западни.

В последний день месяца Ка́рмен получила свою первую зарплату. Обладание довольно существенной для неё суммой денег несколько вывело её из эмоциональной спячки, вызвав в голове кучу вопросов, как же с ней поступить. Изначальное планирование с Бенли о том, что она будет отсылать деньги на Филиппины, перестало ей казаться таким уж логичным вариантом. В конце концов зачем же ей здесь прозябать, если ничего и не иметь в кармане? Поэтому после недолгих раздумий Ка́рмен отправилась в единственный небольшой магазинчик, который ютился в начале улицы возле уходящего в город шоссе и на витрине которого виднелись разноцветные женские платья. Удовольствие, которое она получала, облачая своё стройное тело то в голубой сатин, то в зелёный шёлк, ни с чем нельзя было сравнить. В конце концов она остановила свой выбор на ярком облегающем платье малинового цвета, выгодно подчёркивающим её смуглую кожу и чёрные шёлковые волосы. Глядя в зеркало, Ка́рмен видела себя идущей под руку с молодым красивым человеком, открывающим ей двери в шикарный ресторан. «Ах, ну почему Бенли не богат?!» — горестно вздохнула она, впервые за долгое время вспоминая мужа с сожалением. Во всём остальном он вполне бы мог соответствовать её представлению об идеальном мужчине. Сильный, нежный, весёлый... Затем в голове промелькнули воспоминания о том, как сильно он изменился в последнее время вследствие их семейной жизни, и приятная картинка окрасилась в скучные тона. «Нет, с Бенли всё покончено, я не намерена к нему возвращаться!» — твёрдо сказала она себе и направилась к кассе, чтобы расплатиться. Её совершенно не волновало, что скидки давно прошли и что ценник на её платье составляет добрую треть её зарплаты. Она с лёгким сердцем шла по улице домой, нежно прижимая к себе яркую и ласкающую глаз ткань.

Весь день Ка́рмен находилась в приподнятом настроении. Мысль о малиновом сокровище, висящем на вешалке в её комнате, наполняла её сладостным предвкушением. Вечером, как только мадам Мария позволила ей удалиться к себе, Ка́рмен сразу же бросилась наряжаться в новое платье. Всё бы ничего, она действительно получала удовольствие от ощущения лёгкой шелковистой ткани на коже, но... Было одно досадное недоразумение: в комнате Ка́рмен не было ни одной хоть сколько-нибудь отражающей поверхности! В маленьком карманном зеркальце виднелись лишь пазлы малинового цвета... То, что ей было нужно, находилось в спальне её хозяев. Огромное, в полный рост, зеркало стояло напротив кровати, отражая в себе полкомнаты. Хорошенько рассудив, Ка́рмен подумала, что лучше будет пойти туда завтра, когда взрослые будут на работе, а дети в школе. Но острое желание постепенно взяло верх.

Ка́рмен тихонько отворила дверь и выглянула в коридор, на лестницу. Снизу доносился мерный гул голосов. Слава богу, все находились на первом этаже! Ка́рмен неслышно проскользнула в спальню напротив, слегка прикрыв за собой дверь. Быстро повернув выключатель, она слегка поморщилась от резкого света и в тот же миг увидела напротив себя прелестную черноволосую нимфу в умопомрачительном ярко-красном платье. Повернувшись боком, она оценивающим взглядом окидывала свой силуэт и вдруг уловила какой-то приглушённый звук, доносящийся из глубины комнаты. Ка́рмен в ужасе замерла, уставившись на себя в зеркало. В тот же миг фон за её спиной приобрёл чёткие очертания, и её глаза встретились с пожирающими её глазами сэра Хариса, лежащего на постели. Непонятные звуки нашли себе объяснение, оказавшись сдавленным и прерывистым дыханием мужчины. В полном смятении, пытаясь сообразить, что же ей сейчас предпринять, Ка́рмен на секунду застыла на месте. Этой секунды оказалось достаточно, чтобы мужчина оказался у двери и, повернув ключ, бросился на Ка́рмен. Ослеплённый страстью, он повалил её на кровать, одновременно сдирая платье. Послышался треск разрывающейся ткани. «Платье, моё малиновое сокровище!» — пронеслось в голове, и в то же мгновение Ка́рмен пришла в себя, залепив сэру Харису увесистую пощёчину. Тот, в свою очередь, опешил и чуть ослабил хватку, ошарашенно взглянув на неё. Ка́рмен воспользовалась моментом, чтобы вцепиться ему в лицо, и стала царапаться, как кошка. Издав какое-то нечленораздельное мычание, сэр Харис заломил ей обе руки за головой и впился жадным поцелуем в губы. Ка́рмен буквально задохнулась от отвращения и ужасающей тяжести, придавливающей её тело. В голове зашумело, и перед глазами заплясали красные язычки пламени. Не имея возможности даже пошевелиться, испытывая острую нехватку воздуха, Ка́рмен сделала единственно возможное в её положении движение: что было силы сжала челюсти. Что-то тёплое и солёное хлынуло ей в рот. Рыча, как раненый зверь, мужчина наконец отпрянул от неё, схватившись за лицо. Ка́рмен судорожно хватала ртом воздух, пытаясь восстановить дыхание, чтобы заорать. Как бы предугадав её намерение, он оторвал правую руку от лица и вытянул её вперёд в умоляющем жесте. Вся поверхность его ладони была залита красным, также как и его подбородок. «Боже! Меня преследует этот цвет!» — в каком-то суеверном ужасе пронеслось в голове у девушки. Клубком скатившись с постели и отбежав в дальний угол, Ка́рмен с ненавистью прохрипела:

— Я... сейчас же... звоню в полицию...

От вида страстного самца не осталось и следа: сейчас на неё смотрел испуганный и малопривлекательный представитель так называемого сильного пола. Размазывая кровь по лицу, пытаясь остановить капельки, стекавшие ему на рубашку, сэр Харис начал что-то быстро и неразборчиво бормотать. И в этот момент Ка́рмен увидела всю развернувшуюся картину в пресловутом огромном зеркале: две взлохмаченные фигуры с окровавленными ртами, как у вампиров, с потрясённым видом стояли друг напротив друга. Не в силах сдержаться, Ка́рмен принялась безудержно хохотать. Смех вышел сиплым из-за пересохшего горла, и она тут же закашлялась. Во рту ощущался какой-то странный привкус дыма. «Видимо, то было следствием затяжного поцелуя заядлого курильщика сэра Хариса», — пришло ей в голову более-менее правдоподобное объяснение. Зайдя в ванную комнату, относящуюся непосредственно к спальне, она открутила кран и принялась умываться и полоскать рот. Сэр Харис с жалким видом потянулся за ней. Было видно, что он готов на всё, лишь бы только замять надвигающийся скандал. Ка́рмен начала приводить в порядок платье и тут же увидела, что её драгоценной обновке нанесён непоправимый ущерб: от груди и до живота весь перед был разорван. Почувствовав новый приступ ярости, она медленно подняла голову и уставилась ледяным красноречивым взглядом на своего хозяина.

— Я понял, понял! — сразу засуетился тот, бросаясь за портмоне и вытягивая денежную купюру. — Этого тебе с лихвой хватит, чтобы купить такое же! — бодро заключил он.

— Ну уж, с лихвой! Вы явно недооцениваете эту вещь, — Ка́рмен даже искренне обиделась за своё новоприобретение.

Сэр Харис тут же вытащил две очередных купюры, и общая сумма сравнялась со вчерашней полученной месячной зарплатой. Ка́рмен великодушно протянула руку, забирая деньги, и двинулась прочь из комнаты. Инцидент был замят.

Глава VIII

На следующий день мадам Мария долго и подозрительно вглядывалась в лицо своей домработницы. Объяснения мужа по поводу его разукрашенной физиономии явно были не особенно убедительными и оставили в её душе сомнения. Сэр Харис просидел весь вечер в салоне, прикрывшись газеткой. Ка́рмен же вела себя самым естественным образом. Хозяина она не слишком-то опасалась, сразу раскусив в нем труса, до смерти боящегося семейных скандалов. Жене своей он изменял безбожно — Ка́рмен это было понятно сразу, — но всё обставлял тихо и красиво, так что мадам Марии приходилось лишь молча проглатывать очередную басню о том, как он задержался на работе, в поте лица увеличивая благосостояние их семьи. Однако полной дурой его жена всё же не была: ревность снедала её изнутри, выливаясь в периодические истерики и очередные килограммы. Вот и сейчас что-то подсказывало ей, что здесь не всё чисто. Она исподтишка следила за каждым движением Ка́рмен.

Так продолжалось и в последующие дни. Таким образом, от её взгляда не ускользнуло и то, что в ушах девушки появились маленькие изящные бриллиантики. Ка́рмен обнаружила их под подушкой дней пять спустя, после того как хозяин пытался её изнасиловать, и тотчас же их нацепила. То, каким образом он заглаживал свою вину, ей крайне импонировало, и она не видела никакой причины для того, чтобы не пользоваться этим. На вопрос хозяйки, откуда у неё взялись эти серёжки, она спокойно ответила, что привезла их с собой.

В общем-то, весь инцидент несколько развеял пессимистический настрой Ка́рмен. Накалённая атмосфера в доме последних дней даже веселила её. За первым подарком последовал второй — в виде золотой цепочки, — а затем и сэр Харис — собственной персоной в её комнате. На этот раз он был выдержан в своих эмоциях и попытку соблазнить её провёл мягко и ненавязчиво. Ка́рмен ещё раз сурово напомнила ему про её готовность воспользоваться услугами полиции, и хозяин без шума ретировался. Однако от своих собственных намерений, очевидно, он отказываться не собирался.

Однажды во время вечерней прогулки с собакой возле Ка́рмен остановилась машина. Затонированное окно опустилось, и из него показалась голова всё того же сэра Хариса. Ка́рмен насмешливо выжидала, с трудом удерживая пса. Поинтересовавшись для вежливости, как проходит прогулка, он, казалось, готовился перейти к некой волнующей его теме. В этот момент собака выдернула поводок и бросилась бежать по улице. Хозяин даже не обратил внимания на то, что сейчас может лишиться своего дорогостоящего пса.

— Ка́рмен, послушай, ты же не только красивая, но и умная, — начал он. — Ты же понимаешь, что при желании я могу иметь любую женщину. Считай, что тебе повезло, что ты мне так понравилась, и будь благодарна судьбе. А я, в свою очередь, щедро отблагодарю тебя. Ты же хотела бы привезти домой сумму посолиднее твоей зарплаты, не так ли?

— Если я захочу привезти домой сумму посолиднее моей зарплаты, то смогу это сделать и без вашего непосредственного участия. Есть мужчины и помоложе! — дерзко ответила она и двинулась вслед за убегающей собакой.

— Проституция нелегальна на Кипре! — разъярённо закричал отвергнутый мужчина и, с силой надавив на газ, унёсся прочь на большой скорости.

Собака между тем, резко поменяв направление, побежала в сторону одного из крайних домов. Завиляв хвостом, она стала обнюхивать маленького чёрного пуделя, находящегося по другую сторону ограды. Ка́рмен, запыхавшись, подошла и уже готова была схватиться за тянущийся по земле поводок, как услышала над собой женский голос, говорящей на её родном тагальском наречии.

— Очень шустрая собачка! Я каждый день наблюдаю, как ты с ней мучаешься! — слова прозвучали дружелюбно и непринуждённо. — Меня зовут Сесилия.

Ка́рмен выпрямилась и увидела перед собой несколько расположенную к полноте девушку одного с ней возраста, протягивающей ей ладонь для рукопожатия. Забыв про своё намерение не заводить дружбу со своими сородичами, Ка́рмен непроизвольно почувствовала симпатию к незнакомке. После небольшого обмена типичными при первом знакомстве фразами Сесилия вдруг спросила:

— Кстати, а что ты собираешься делать в воскресенье?

Вопрос показался Ка́рмен по меньшей мере странным:

— А что тут можно делать? Отсыпаться, телевизор смотреть…

— И ты даже не выходишь в город? — крайне удивлённо поинтересовалась новая знакомая.

— Я даже не имею понятия, как туда добираться! — рассмеялась Ка́рмен.

Теперь ей показалось уже странным своё собственное поведение и тот факт, что за два с лишним месяца она так и не собралась выбраться куда-либо далее, чем эта самая улица.

— В таком случае я беру тебя с собой! — опекающим тоном воскликнула Сесилия. — Автобус уходит в 7:20. Остановка находится вон за тем поворотом. Не забудь взять с собой деньги!

Согласовав последние детали, девушки расстались до ближайшего выходного.

Глава IX

Проснувшись рано утром в воскресенье, Ка́рмен с удовольствием подумала о том, что начинающийся день впервые за долгое время обещает быть интересным. Она сладко потянулась и отправилась выбирать одежду на выход.

...Захлопнув за собой дверь, она мельком взглянула на окна второго этажа и краем глаза успела заметить лёгкое движение занавесок: видимо, кто-то из обитателей дома проявлял любопытство. Так рано мог встать только хозяин, но последнее время он что-то не сильно выказывал интерес к Ка́рмен в целом. Очевидно, оскорбление, нанесённое ему домработницей, серьёзным образом охладило его пыл. Усмехнувшись, Ка́рмен выбросила его из головы и бодрым шагом отправилась на остановку.

Там её уже поджидала Сесилия. В приподнятом настроении девушки щебетали всю дорогу. По прибытии в центр Никосии новая подружка Ка́рмен первым делом показала ей, где находится интернет-кафе, банк и откуда можно отправить деньги на Филиппины самым дешёвым способом. Приличия ради Ка́рмен решила сразу же этим воспользоваться, благо денег у неё было больше, чем, в общем-то, должно было быть. Заодно уж она решилась и на звонок Бенли. В Авроре сейчас был вечер, и муж очень огорчился, что успел уже уложить Сюзи спать и что теперь она не сможет услышать голос дорогой мамочки. Ка́рмен заверила его, что с ней всё в порядке, что она безумно по всем скучает, и поспешила завершить разговор, сославшись на вынужденную экономию денежных средств.

В дальнейшие планы девушек входил поход по магазинам. Сесилия повела Ка́рмен узкими кривыми улочками, уходящими в разные стороны от главной, выложенной булыжниками, дороги старинного никосийского центра, где, к её удивлению, обнаружилось большое количество крохотных магазинчиков, забитыми самым разным тряпьём по очень низким ценам. Встречались там и довольно приличные вещи: например, очень скоро Ка́рмен раскопала красное облегающее платье, ничуть не уступающее тому любимому и изодранному в клочья похотливым хозяином.

Посвятив сему приятному времяпровождению несколько часов, девушки, довольные и уставшие, отправились на обед. Вот тут-то Ка́рмен и оказалась в самой гуще людской толпы, состоящей из выходцев с Филиппин, Шри-Ланки, Индии, Пакистана и Китая. Ощущение было такое, что она находится если и не на родине, то, по крайней мере, в какой-то азиатской стране. То тут, то там слышалась её родная речь.

— Я и не знала, что здесь есть столько наших... — растерянно прошептала она подруге.

Люди вокруг веселились, торговали, обедали, отдыхали. Сесилия потянула её за рукав по направлению к небольшому кружку девушек и парней, сидящих прямо на траве и жующих сэндвичи.

— Знакомьтесь, это наша новенькая! — представила она им Ка́рмен.

Все как по команде уставились на девушку. Впрочем, в том, как они рассматривали её, не было ничего враждебного, наоборот, глаза их смотрели дружелюбно и открыто. Ка́рмен вдруг почувствовала себя так же, как в старые добрые времена в университете. Только вот рядом не было больше Бенли... Зато было много других симпатичных и весёлых парней, обещающих не заставлять её скучать.

Домой они с Сесилией вернулись только поздно вечером. Уставшая, но счастливая Ка́рмен легла спать, с удовольствием вспоминая прошедший день.

С этого момента ей показалось, что жизнь начинает раскрашиваться в более яркие и приятные краски.

Глава X

Поскольку работодатели её новой подруги были очень богатыми людьми, то и условия для проживания своей домработницы они создали очень неплохие. Сесилия жила в отдельном маленьком домике на территории их сада и имела в своём распоряжении телевизор и видеомагнитофон. Ка́рмен стала её завсегдатаем. Каждый вечер они усаживались смотреть какой-нибудь новый фильм из коллекции своих хозяев, а по воскресеньям непременно уезжали в город на весёлые посиделки в большой компании таких же, как они, филиппинцев, работающих по контракту на Кипре. Ка́рмен, без сомнения, пользовалась большой популярностью у мужского пола. Не проходило и пяти минут, чтобы к ней не подсаживался какой-нибудь очередной поклонник, надеющийся покорить её сердце. Откровенно говоря, подобная расположенность исходила только со стороны мужчин. Женщины её, мягко говоря, недолюбливали. Но это не слишком-то волновало Ка́рмен: она никогда особенно не нуждалась в женском обществе, и присутствия Сесилии в её жизни хватало ей с лихвой. Ей всегда казалось, что мечта любой девушки — заполучить самого лучшего и желанного самца, а в таком деле дружбы не бывает — только конкуренция. Те же представительницы женского пола, которые вроде бы и не пытались принимать участия в соревновании, являлись для неё наивными и далеко не уверенными в себе простушками.

Дни летели, обгоняя один другой, наполняя её жизнь мелкими приятными событиями. Воскресенья иногда проходили особенно насыщенно: кто-то из наиболее активных организовывал целый автобус, и за небольшую плату они целой толпой выезжали к морю или в горы.

В одну из таких поездок Кáрмен обратила внимание на молодого человека, сидящего в одиночестве в самом конце салона и не сводящего с неё глаз. Ей, конечно, было не привыкать к тому, что какой-нибудь очередной несчастный влюблённый сверлит её взглядом. Но в данном случае разница состояла в том, что парень был невероятно красив. Кáрмен даже почувствовала лёгкое несвойственное ей волнение. Её так и тянуло обернуться к нему ещё и ещё, хотя всякий раз при этом щеки её вспыхивали ярким румянцем.

— Кто это? — шёпотом спросила она у всезнающей Сесилии, сидящей рядом.

— А, это Фелиппе!.. — сразу же определила она. — Редкостный красавчик, да? Он здесь уже давно, примерно столько же времени, что и ты, но почти никуда не ходит. Появится раз в полтора месяца и снова пропадёт. Только благодаря его внешности его здесь и помнят...

— А чем же объясняется такое добровольное затворничество? — немало заинтересовавшись, спросила Кáрмен.

— Любовью! — усмехнулась Сесилия. — У него на Филиппинах осталась жена и двое деток, так он в них души не чает. Приехал сюда только потому, что предложили хорошие деньги за работу садовником на одной огромной вилле. Вот он ни с кем толком и не знается, всё деньги копит и жене домой отсылает. Ждёт не дождётся, бедняга, окончания контракта...

Такая характеристика незнакомца показалась Кáрмен ужасно неромантичной и несколько остудила её пыл.

В последний раз позволив себе обернуться и утонуть в пристальном взгляде его чёрных глаз, она отвернулась с сожалением. «Ещё один скучнейший тип...» — подумалось ей.

Между тем атмосфера в хозяйском доме снова начала потихоньку накаляться. Сэр Харис, после достаточно продолжительного периода охлаждения, опять возобновил свои поползновения. Было видно, что активная теперешняя жизнь Кáрмен некоторым образом действует ему на нервы. Поначалу он пытался игнорировать её и надолго уходил из дома (от чего пострадали в большей степени остальные члены семьи, в особенности несчастная жена). А затем, поняв, что таким образом птичка может запросто упорхнуть, бросился в лобовую атаку. Преследовал её по всему дому, под всякими предлогами внезапно заходил в комнату, норовил зажать в любом тёмном углу, иногда этим зля её неимоверно. Кáрмен уже не на шутку начала грозить пойти в иммиграционный департамент с жалобой на хозяина дома. Благо теперь найти нужную информацию по защите своих прав она могла без труда. Сэр Харис же, надеясь получить желаемое мирным путём, обрушил на неё всё своё обаяние и щедрость. Такое его поведение несколько больше устраивало Кáрмен, и в хорошие дни она ему даже немного подыгрывала, чтобы позлить хозяйку. Мадам Мария в своей ревности становилась всё более невыносимой: цеплялась к Кáрмен по поводу и без, придиралась по пустякам и вообще в последнее время, кроме как на раздражённых окриках, с ней не разговаривала. Казалось, её выводит из себя всё, что только связано с домработницей.

— И что это у вас, у филиппинок, все имена такие: Сесилия, Кáрмен, Люсия? Кажется, азиатов обычно называют более мудрёно. Это вы себе для красоты придумываете, или как? — ни с того ни с сего вставляла она язвительным тоном.

— Но вы же видели мой паспорт, — спокойно отвечала ей Кáрмен, тихонько про себя усмехаясь. — Просто Филиппины — бывшая испанская колония, и наша культура у них много чего позаимствовала, в том числе и имена. Даже мой родной тагальский язык состоит на треть из испанских слов. И вообще моя родина была названа Филиппинами в честь испанского короля Филиппа II. А до того как в 1898 году пришли американцы, местное население ещё к тому же и активно смешивалось с испанцами, — не без гордости добавила она.

Кáрмен уже давно решила для себя, что своей столь удачной внешностью она, должно быть, обязана какому-то испанскому предку. Ведь семья её по линии матери принадлежала к прослойке испаноязычных католиков-филиппинцев, креолов и метисов. Ещё на занятиях по генетике в университете они проходили, что при смешении крови различных рас иногда получаются исключительные человеческие экземпляры, к коим она незамедлительно себя и отнесла.

Но если Кáрмен и могла сосуществовать рядом с человеком, который её на дух не переносит, то мадам Мария, очевидно, нет. Скандал следовал за скандалом, и во время этих нешуточных баталий своих хозяев Кáрмен периодически различала знакомые ей греческие слова: «ξένη», «φιλιππινέζα», «πουτάνα»[2]. Звучали частенько и немаловажные английские слова, такие как black list и immigration[3]. Из всего этого складывалась картина, что мадам Мария

---

[2] Иностранка, филиппинка, проститутка (*греч.*).

[3] Список лиц, для которых въезд в страну запрещён; иммиграционный департамент (*англ.*).

задалась целью осчастливить Ка́рмен занесением её в черный список. Что это означает, девушка хорошо знала: прерывание контракта, высылка из страны с запретом на последующие въезды. Дело принимало довольно серьёзный оборот, и Ка́рмен посчитала уместным посвятить Сесилию в курс всего происходящего. Как и ожидалось, подруга не подвела: она быстренько разжевала Ка́рмен всю подоплёку истории, объяснила, что на Кипре существует закон, позволяющий любой киприотской женщине обратиться в иммиграционный отдел с жалобой на иностранную жительницу, находящуюся по рабочей визе на Кипре и посягающую на неприкосновенность брачного союза. По принятии соответствующих мер эта несчастная высылалась с Кипра и заносилась в чёрный список. Также Сесилия посоветовала Ка́рмен сделать единственно разумный в этой ситуации шаг и попросить у хозяев релиз, то есть разрешение на прерывание контракта с последующей возможностью трудоустройства на Кипре в течение месяца. Если за это время она сможет найти семью, согласную взять её на работу, то проблема считалась решённой.

На следующий день Ка́рмен смиренным голосом объявила работодательнице о своей просьбе. Мадам Мария вначале страшно выпучила на неё глаза, а затем отвернулась и принялась что-то неразборчиво бормотать по-гречески. Ка́рмен решила благоразумно промолчать и подождать продолжения. Вечером она снова услышала рёв и крики, доносящиеся с первого этажа. Несомненно, хозяева обсуждали её решение. Сэр Харис все яростно выкрикивал: «Λεφτά, λεφτά»[4], — слова, уже хорошо известные Ка́рмен. Видимо, его позиция строилась на том, что, давая домработнице релиз через шесть месяцев работы, они теряют деньги, так как контракт был рассчитан на целых

---

[4] Деньги, деньги (*греч.*).

четыре года. Мадам Мария что-то истерически кричала в ответ, и конца этому не было видно. Вдруг послышался звон разбивающейся посуды, и сразу все стихло. «Ну вот, приплыли... — подумала Ка́рмен. — Уже тарелки друг о друга бьют! Что-то теперь со мной будет?..» Возвращаться на Филиппины сейчас, когда жизнь только-только забурлила, совсем не хотелось.

Через пару минут послышался стук в дверь, и сэр Харис преувеличенно вежливым голосом попросил её убраться внизу. Спустившись на кухню, Ка́рмен встретилась лицом к лицу с только что утихомирившейся хозяйкой. С красным опухшим лицом и мокрыми глазами та возвышалась над горой разбитой посуды и при появлении девушки приняла стойку боевой готовности. Не дав ей даже взяться за пылесос, мадам Мария громовым голосом провозгласила:

— Мы не можем дать тебе релиз, так как никто нам не возместит понесённые убытки. Но здесь ты тоже больше не останешься. В контракте обозначено, что мы можем выдать тебе определённую сумму поверх заработной платы, и, таким образом, ты должна сама позаботиться о своём жилище. Приезжать сюда ты будешь на автобусе, — последние слова были произнесены с особым нажимом, при этом мадам Мария бросила красноречивый взгляд на своего скромно стоящего в стороне мужа.

Грациозно ступая по осколкам, насколько это было возможно при её весе, хозяйка прошествовала вон из кухни.

Радости Ка́рмен не было предела! Почти смирившись с тем, что ничего хорошего больше ей здесь не светит, она получила такой приятный сюрприз. Уже давно она присматривалась к кучке её знакомых филиппинок, которые сами снимали себе квартиру и жили отдельно от своих хозяев. Вот это была настоящая свобода: отработала —

и ходи себе куда угодно. Хоть каждый вечер! Теперь, когда дело приняло такой поворот, подобная жизнь ожидала и её. На следующий же день, после успешных переговоров с будущими соседками, которые были только рады ещё одному человеку, делящему с ними ренту, Ка́рмен была занята перетаскиванием вещей.

Как и ожидалось, её образ жизни изменился к лучшему. На работу в дом хозяев она приезжала к восьми утра — в то время, когда в доме уже никого не оставалось: все домашние разбредались по работам и школам. Она не спеша прибиралась в доме, плотно подкреплялась из их холодильника на обед и уезжала назад пятичасовым автобусом. Таким образом, теперь на своей работе она оставалась один на один с пустым домом и совсем не видела его обитателей. За исключением разве что сэра Хариса. Ещё перевозя вещи Ка́рмен в новое жильё, хозяин не преминул хорошенько запомнить его месторасположение. После её переезда он стал постоянно названивать ей на мобильный телефон и слать нежные послания. Его навязчивость была несколько утомительной, но, разбавленная небольшими периодическими подарочками, достаточно терпимой. Однажды, на день рождения Ка́рмен, он преподнёс ей более оригинальный сюрприз: повёз в шикарнейший ресторан. Правда, ехать пришлось долго, аж на оккупированную турками сторону. Несмотря на то что после вступления в Европейское содружество между двумя разделёнными территориями разрешили свободное передвижение, большинство греко-киприотов игнорировали эту возможность и из чувства патриотизма отказывались посещать когда-то принадлежащие им дома и места, всё ещё находящиеся под турецким контролем. Таким образом, это являлось в некотором роде наиболее удачной конспирацией, так как уменьшало до минимума возможность встретить знакомых.

Но место, где она встретила своё двадцатидвухлетие, всё же оказалось просто шиком. Когда при входе в ресторан сэр Харис торжественно приоткрыл для неё двери и Ка́рмен прошествовала в сияющую внутренность по красному ковру, на секунду она почувствовала себя так же, как в тот день перед зеркалом, — сказка сбылась! Даже сопровождающий её мужчина показался ей в этот момент не таким уж непривлекательным... Внутреннее убранство сочетало в себе восточную роскошь и современный стиль. Ка́рмен была счастлива. «Вот какой жизни я достойна!», — с радостью думала она.

Впрочем, теперешний скромный образ жизни более не приводил её в уныние. Каждый вечер она обязательно выходила на какую-нибудь вечеринку. И, хотя Сесилия не могла составлять ей компанию в будние дни, Ка́рмен никогда не скучала. Многочисленные поклонники не давали ей оставаться в одиночестве.

Глава XI

Между тем время шло. Ка́рмен напрочь забыла о своей жизни в Авроре. Только уж когда Бенли слишком доставал её своими сообщениями, она могла впопыхах набрать его номер и отправить какую-нибудь небольшую сумму денег. До неё доходили слухи, что Люс никуда не уехала и прочно обосновалась на территории её дома: не было и дня, чтобы она там не появлялась. Ка́рмен это уже мало волновало, да и по поведению мужа она понимала, что интимных отношений между ним и Люс пока ещё нет. Так называемая «преданная подруга» играла роль бескорыстной и заботливой матери. Иногда на Бенли находили сильнейшие приступы тоски, и тогда он безостановочно слал ей душещипательные послания о том, как ему без неё плохо, умолял её бросить всё и вернуться обратно. «Я без тебя умираю! — писал он. — А Сюзи начинает тебя забывать: вчера она назвала Люс мамой!..» «Ну что ж, мамой, так мамой...» — думала Кáрмен и тут же выбрасывала это из головы. Всё, что осталось у неё в Авроре, казалось ей старым забытым сном.

А настоящая жизнь протекала здесь, на Кипре, в веселье и поклонниках. Самым преданным из них, как ни странно, оставался сэр Харис. Сорокашестилетний мужчина, казалось, полностью потерял из-за неё голову. Его постоянству и терпению можно было отдать должное. Время от времени он вывозил её в какие-нибудь интересные места — для пущей осторожности подальше от Никосии. Казалось, он наслаждается одним только её присутствием. Мог подолгу молчать, просто глядя на её лицо, волосы, руки. Кáрмен в такие минуты начинала позёвывать от скуки, а сэр Харис — мечтательным голосом произносить один за другим комплементы.

— Ты совсем не похожа на остальных филиппинок... — часто говорил ей он.

— Ещё бы! Это потому, что я — креолка! — не без самодовольства отвечала Кáрмен.

В плане денег она чувствовала себя великолепно. Хозяин всегда заботливо снабжал её любыми суммами. Так что теперь она могла позволить себе время от времени походы по самым дорогим магазинам на центральных улицах Макариу и Стасиградус. Зайдя однажды в один такой магазин, она увидела другую филиппинскую женщину, выбирающую одежду. В подобных местах представительниц своей национальности она встречала разве только что по другую сторону прилавка. Да и то крайне нечасто: в дорогостоящих магазинах товар обычно продавали сами киприотки либо другие европейки. Ка́рмен собиралась порадовать себя покупкой какого-нибудь дорогого аксессуара, когда натолкнулась на эту женщину. Та, в свою очередь, холодно взглянула на неё и отвернулась. Ка́рмен так и застыла на месте, не сводя взгляда с холёного красивого лица незнакомки. Всё на ней, начиная с элегантных босоножек со стразами Сваровски и заканчивая изумительной формы золотым колье на шее, выглядело безумно дорогим. Ка́рмен разглядывала её красиво уложенную, будто только что из парикмахерской, причёску, как вдруг в помещение вбежала хорошенькая восьмилетняя девочка. Она бойко подлетела к уже расплачивающейся у кассы и так поразившей Ка́рмен женщине и нетерпеливо потянула её за рукав к выходу. Чёрные волосы девочки были такими же, как и у матери, но черты лица казались более европейскими. Ка́рмен следила за ними взглядом сквозь стеклянную дверь магазина. Возле входа их ждал шикарный автомобиль. Владелец его, пожилой важный киприот, поцеловав женщину в губы, помог им взобраться в салон, и машина тронулась с места. Ка́рмен зачарованно смотрела ей вслед...

Вернулась она домой в подавленном настроении. Всё казалось не тем и было не так. Ну почему одним достаётся всё в этом мире, а другие вынуждены довольствоваться лишь жалкими крохами всех тех прекрасных благ, которые может предложить жизнь? И кто решает, кому и за какие достоинства должно достаться больше или меньше? Ка́рмен, выросшая в католической вере, давно перестала искать ответы на эти вопросы в религии. Ещё пятилетней девочкой она твёрдо усвоила, что справедливости в жизни нет. Сестра её матери, заблудшая овца их семейства, вернулась из Манилы, где, по словам родственников, промышляла древнейшей профессией. В глазах Ка́рмен она являлась той самой Марией Магдалиной, которая под воздействием всеобщей доброты и заботы о ней вот-вот должна раскаяться. Маленькая Ка́рмен тогда очень много молилась за неё по вечерам. Больше всего она боялась того момента, когда её тёте придётся расплачиваться за свои прегрешения, как это было сказано в Библии. А в итоге расплачиваться за тётины грехи пришлось почему-то Ка́рмен и её матери. Погостив вдоволь в их доме, тётя сбежала к новой лёгкой жизни, прихватив с собою их кормильца — отца Ка́рмен.

Второй случай, произведший на девочку неизгладимое впечатление, произошёл два года спустя. На одной улице с ними жил одинокий старик. Ему принадлежал большой красивый сад. Его соседом недавно стал один начинающий бизнесмен, которому уж очень хотелось приобрести этот кусок земли. Старик долго препирался и отказывался продавать свой сад. Многие годы он ухаживал за ним с любовью и жил за счёт урожая со своих грядок. В конечном итоге взбешённый делец, заплатив кому надо, преподнёс старику документы о том, что земля, включая и ту, на которой был построен дом, принадлежит ему не по праву. Несчастный старик был выброшен на улицу, хотя все в округе знали, что бумаги были подделкой. Спустя ещё много лет после его смерти погубивший его человек процветал и богател...

Таким образом, Ка́рмен прочно усвоила, что доброта и честность — излишние качества, только отягчающие путь к настоящему успеху. Всё получают лишь те, кто нагло идёт тараном по жизни. Переделав на свой манер знаменитую французскую поговорку «Fais ce que dois, advienne que pourra»[5], Ка́рмен завела себе жизненное кредо: «Делай что хочешь, и будь что будет!» Но, несмотря на столь явно облегчающие жизнь и совесть принципы, Ка́рмен всё же слишком часто пребывала в состоянии гнетущего неудовлетворения.

Детство, проведённое без отца, лишило её и тех небольших благ, которые она могла бы иметь при двух работающих родителях. К тому же обстоятельства, при которых исчез отец, оставили в её голове представление о том, что мужчина — это тоже в некотором роде вещь, которую можно выиграть или украсть.

И всё же уровень, с которого она собиралась завоёвывать этот мир, был слишком низок для того, чтобы быстро этого достичь. Координаты её жизненного пути находились на параллельной прямой с теми координатами, на которых она хотела бы оказаться. Общество, в котором она вращалась, в принципе не могло предоставить ей ни малейшей возможности соприкоснуться с тем, что могло бы привести её к желанному. Та жизнь, о которой мечтала она, находилась как будто в другом измерении... и в то же время была так близко! Сколько раз слышала она чьи-то слова, нашёптывающие ей на ухо: «Ты — прекрасный бриллиант, достойный прекрасной оправы». В такие минуты Ка́рмен видела себя владелицей шикарной виллы, яхты! Но единственный известный ей краткий путь до этого заключался в жертвовании своей молодостью и красотой. А неуёмная душа Ка́рмен просила ещё и любви...

_____

[5] Делай что должно, и будь что будет! (*фр. яз.*).

Глава XII

Это был один из воскресных вечеров. Сесилия поехать не смогла. Ка́рмен, родившаяся на Филиппинских островах, но крайне редко видевшая море ввиду его отдалённости от её родного городка, не преминула воспользоваться представившеюся возможностью. Ей нравилась морская стихия своей бескрайностью, беззаботностью, отстранённостью от всего земного... К тому же на этот раз поездка обещала быть особенно занимательной: ночные купания были для Ка́рмен в новинку.

Водитель привёз их на пляж, где лежаки не убирались на ночь, таким образом, все условия были налицо: кто-то включил магнитофон, кто-то расставил фонарики со свечами — в целом атмосфера образовалась самая что ни на есть располагающая.

Дул лёгкий прохладный ночной ветерок, но вода, разогретая за целый день ярким палящим солнцем, все ещё оставалась тёплой и приятной для кожи. Луна красиво отбрасывала на воду отсвет лунной дорожки. Она казалась такой привлекательной и манящей, как будто бы это и вправду была дорога, ведущая в некий таинственный и чудесный мир.

Ка́рмен вошла в воду и с наслаждением отдалась этому мистическому и обволакивающему всё её существо чувству. Она легко и расслабленно плыла, отдаляясь всё дальше и дальше от берега. Вода создавала ощущение приятной невесомости, и, закрывая глаза, она ощущала вокруг себя присутствие космоса. В какой-то момент голоса, доносящиеся с берега, перестали быть слышны, и Ка́рмен резко очнулась от сладостного забытья. Повернув назад голову, она увидела лишь еле-еле проглядывающие в кромешной тьме малюсенькие светящиеся точки. «Бог мой! — ужаснулась она. — Так ведь и вправду можно легко оказаться в мире ином. Вот только будет ли он лучше этого?..» И Ка́рмен что есть силы поплыла назад к берегу. Перспектива заблудиться в бескрайнем ночном море придавала ей энергии, включая инстинкт самосохранения на полную мощность.

Уже подплывая ближе к месту их стоянки, она увидела какую-то одинокую тень, стоящую у воды и держащую в руках что-то белое. Уставшая и замученная, Ка́рмен направилась к этому светлому пятну, как к спасительному маяку. Мужчина (а это без сомнения, был представитель мужского пола, судя по высокой развитой фигуре) вошёл по колено в воду и, помогая девушке встать, набросил ей на плечи полотенце. То ли от пережитого стресса, то ли от долгого пребывания в воде Ка́рмен всю трясло, и зуб на зуб никак не хотел попадать.

— Я уже начал волноваться, что тебя так долго не видно. Ты красиво плыла в свете лунной дорожки, а потом просто исчезла за горизонтом. Но, оказывается, ты отменная пловчиха! — одобряюще сказал он.

Ка́рмен что-то нечленораздельно промычала в ответ, и незнакомец наконец заметил, что её всю сотрясает озноб.

— О! Да тебе нужно пробежаться, чтобы согреться! Или выпить чего-нибудь спиртного... — посоветовал он.

Ка́рмен предпочла второе. Все мышцы казались одеревенелыми, и ни о какой пробежке сейчас не могло быть и речи. С трудом дойдя до ближайшего лежака, она с облегчением опустилась на него всем своим измученным телом. Парень, через минуту вернувшийся с наполненным чем-то стаканом, скромно присел рядом.

— Прости, не нашлось чем разбавить, ты слишком долго плавала, и все запасы уже подошли к концу, — сразу предупредил он.

Ка́рмен опрокинула в себя горькую обжигающую жидкость, и через секунду всё тело наполнилось невероятно приятным ощущением тепла. Звёзды на небе как-то весело мигнули и закружились.

— Кстати, мы знакомы? — поинтересовалась она, немного хмелея. — Тебя как зовут?

— Не совсем, но я знаю, кто ты такая. А моё имя — Фелиппе.

— Фелиппе, Фелиппе... — пробормотала она, пытаясь что-то усиленно вспомнить. И тут наконец ниточки памяти связались воедино.

— А-а, так ты тот самый... — начала она и осеклась, подумав, что ему совсем необязательно знать о том, что она про него расспрашивала.

В темноте, как известно, все кошки серы, потому-то Ка́рмен до сих пор и не удавалось рассмотреть своего собеседника как следует. Странно было только, что в автобусе она его тоже не заметила.

Заинтригованная, она присела в более подходящую для беседы позу, ожидая, каким же будет продолжение столь неожиданной встречи. Новый знакомый, впрочем, не проявлял особой разговорчивости. Пытаясь как-то избежать неловкого молчания, Ка́рмен предложила пройтись.

Идти без слов было гораздо проще: можно было время от времени наклоняться за галькой и бросать её в воду, вдыхать полной грудью освежающий ночной бриз ...

Поняв, что дождаться развлекательной беседы у неё так и не получится, Ка́рмен попросила Филиппе рассказать немного о себе.

— Я на архитектора вообще-то учился в Маниле. Да вот с работой всё что-то не везло. А здесь, работая садовником, баснословные деньги получаю! — грустно рассмеялся он на её просьбу. — Я им все кустарники под геометрические фигуры подрезаю, упражняюсь, так сказать, в ландшафтном дизайне. А то как-то раз, когда особенно плохое настроение было, подстриг две левки в виде небоскрёбов. Думал, хозяин разорётся, а ему ничего, даже понравилось. Попросил, чтобы и дальше проявлял подобную фантазию. Так что издеваюсь над растительностью как могу... — закончив свой небольшой монолог, Фелиппе снова надолго замолчал.

Ка́рмен не знала, что и думать. Впервые она находилась в обществе столь немногословного и в то же время столь редкостно привлекательного кавалера. Обычно у любого, даже самого неболтливого парня в её присутствии развязывался язык, и тогда он изо всех сил старался поразить её своим красноречием и остроумием. Этот же шёл возле неё как будто не по своей собственной воле. Словно кто-то или что-то заставляло его быть рядом с ней. И в то же время она буквально на физическом уровне ощущала энергию желания, исходящую от него. Да, этот парень не собирался её соблазнять, но он её явно хотел, в этом Ка́рмен готова была поклясться. Освещённые в темноте только луной, они молча шли так близко, что Ка́рмен, возбуждённая от собственных мыслей, чувствовала тепло, исходящее от его мускулистой фигуры.

И тут словно какой-то бесёнок подбил её проверить свои догадки. Не говоря ни слова, она вложила свою руку в его ладонь. Он вздрогнул так, словно электрический ток пробежал по всему его телу. Ка́рмен почувствовала, как в такт с Фелиппе её шаги начинают замедляться, и вдруг... он резко притянул её к себе. Запрокинув ей голову, он стал жадно целовать её в губы, лицо, шею.

Ка́рмен обвила его двумя руками и в тот же миг почувствовала, как будто летит куда-то вниз. Ощутив под собой песок, она полностью отдалась поглощающему её желанию. Никогда в жизни до этого момента не испытывала она ничего подобного: острое удовольствие, граничащее с болью, и жар, сжигающий её изнутри, скорее, походили на нечто мазохистское. Воздух вокруг казался нестерпимо горячим. Ка́рмен задыхалась и в то же время ещё сильнее отдавалась танцу любви... В какой-то момент реальность для неё перестала существовать. Кто она?.. Кто он?.. Где они?.. В голове бушевало пламя, и казалось, будто она сама вся сгорает в каком-то священном огне. Чем ближе приближалась она к кульминации, тем сильнее было предчувствие некоего саморазрушения. Миллионы алых искр рассыпались в момент оргазма, и Ка́рмен почувствовала, что окончательно перешагнула грань навстречу своей судьбе...

Ошеломлённая от собственных переживаний, она лежала без сил на мокром песке. Звёзды на небе казались какими-то невероятно большими и яркими. Ветер ласково шевелил её волосы и что-то неслышно шептал в ухо. «Ты прекрасна!» — едва различила она, и в тот же миг действительность начала приобретать свою привычную трёхмерность. Фелиппе осторожно гладил и целовал её волосы, тихим, еле слышным голосом произнося нежные и ласковые слова. Ка́рмен протянула руку и дотронулась до его голого упругого тела. Теперь оно казалось ей таким близким и родным, словно какие-то невидимые нити за несколько минут связали их как будто навсегда.

Возвращались они назад, крепко обнявшись. Фелиппе так ничего и не сказал, за исключением единственной непонятной фразы:

— Я больше не мог этому сопротивляться. Четыре месяца этих странных снов...

Но Ка́рмен уже не нужны были никакие слова. Впервые она узнала, что настоящая любовь не нуждается в каких-либо атрибутах.

Никто ни о чём их не спрашивал, даже когда в автобусе они устроились на последнем сидении, а Ка́рмен, положив голову Филиппе на колени, нежно гладила и целовала его руки.

Засыпала Ка́рмен самым счастливым человеком на свете. Она знала: то, что произошло с ними, было не просто физическим слиянием двух случайных людей под действием минутной страсти. То было тем самым долгожданным томительным и неясным её будущим...

На следующий день по возвращении с работы её ждал Фелиппе.

— Зачем тебе мотоцикл? — смеясь от радости, что снова видит его, крикнула Ка́рмен ещё издалека. — Ты же всё равно никуда не ездишь!

— Я купил его сегодня! — также радостно закричал он в ответ. — Надо же было на чём-то перевезти твои вещи!

— А что, я куда-то переезжаю? — спросила она, подходя ближе и обнимая его за шею.

Фелиппе взял её лицо обеими руками и нежно поцеловал.

— Я больше не представляю без тебя своей жизни, — тихо прошептал он.

Глава XIII

Они поселились в маленьком деревянном домике, находящемся на задворках той самой виллы, на которой работал Фелиппе. Вокруг него буйствовала зелень во всём своём великолепии. То там, то тут встречались пышные кусты ириса, подрезанные под затейливые фигуры. Гигантские пальмы создавали целые аллеи. Беседки, разбросанные по всему саду, были живописно оплетены ярко-бардовыми и белыми бугенвиллеями. Перед парадным входом в здание располагался красивый фонтан, вокруг которого росли кусты роз самых замысловатых оттенков. Особенно Кáрмен понравились нежно-фиолетовые цветы, разновидность которых Фелиппе называл «Голубой луной».

Всё, что окружало её здесь, было так же прекрасно, как и то чувство, что отныне поселилось в её душе. «Я в раю!» — повторяла она сама себе, просыпаясь и засыпая. Жить с любимым мужчиной в одном из самых очаровательных уголков земли — это ли было не абсолютное счастье? Прогуливаясь по саду и любуясь, как Фелиппе с голым мускулистым торсом обрызгивает и поливает растения, Кáрмен действительно ощущала себя настоящей Евой, живущей со своим Адамом в прекрасном Эдеме.

Впервые после Бенли Кáрмен была с мужчиной, которого она желала всеми клеточками своего тела. Заниматься любовью с ним было для неё чем-то невыразимо сладостным. Никогда больше не испытывала она тех странных, противоречивых и одновременно пугающих чувств, как в их первую близость.

Кáрмен в буквальном смысле расцветала, как те чудесные цветы, окружающие её здесь повсюду. Наконец-то в душе её воцарилось счастье и умиротворённость. Не хотелось думать ни о семьях, оставленных ею и Филиппе на родине, ни о неясном будущем, ожидающем их впереди. Кáрмен жила и наслаждалась тем, что называется «здесь и сейчас».

В компании их совместное появление было воспринято так, как будто они были вместе всегда. Правда, нашлись и такие, кто был крайне удивлён тем, что идеалист-отшельник Фелиппе, так поразительно преданный своей семье, оказался простым смертным, не лишённым обыкновенных мужских слабостей. Но в большинстве своём никто их не осуждал.

— Какая красивая пара! — часто слышала Кáрмен за спиной.

В жизни ей не раз приходилось наблюдать, что если мужчина от природы крайне привлекательной внешности, то его обязательно умудрится охомутать какая-нибудь дурнушка. А если красива девушка, то рядом с ней всегда, как правило, оказывается какой-нибудь пузатый и лысый, но наверняка амбициозный и предприимчивый ухажёр. Такая закономерность никогда не нравилась Кáрмен. Поэтому лично для себя она давно решила: если уж природа наградила её таким совершенным и соблазнительным телом, то и дарить она его будет таким же избранным и наделённым красотой, как и она сама.

Впрочем, она ещё так мало знала жизнь и саму себя…

Потеряв голову от любви, Кáрмен совсем оторвалась от реальности. А она, реальность, незамедлительно напомнила о себе, воплотившись в навязчивом образе сэра Хариса. После того как Кáрмен совершенно искренне забывала в течение многих дней ответить ему хотя бы на одно сообщение, а телефонные звонки, разумеется, игнорировала, он примчался, будучи взбешённым, в середине рабочего дня домой, чтобы застать её там.

— Что ты себе позволяешь?! — в ярости заорал он, только ступив на порог. — Я тебя предупреждал, что проституция нелегальна на Кипре! То, что ты привыкла творить у себя там, в своей стране, совершенно непозволительно здесь!

— О чём это вы? — совершенно спокойно ледяным тоном произнесла Кáрмен.

— Ты прекрасно знаешь, о чём я! — продолжал буйствовать хозяин, прыская слюной. — Ты не приходишь ночевать в квартиру, которую арендуешь! И я это так оставлять не намерен! Ты пробкой вылетишь с Кипра!

— Вы что же, следите за мной? — презрительно рассмеялась Кáрмен. — Ну в таком случае вам придётся вначале доказать тот факт, что я занимаюсь проституцией. А я это категорически отрицаю!

Произнеся последние слова, она с гордым видом вышла в другую комнату и на всю мощность включила пылесос, давая этим понять, что разговор окончен. Через секунду там же появился и сэр Харис, махая руками и вопя что-то, пытаясь перекричать шум. Кáрмен невозмутимо продолжала собирать пыль. После пяти минут напрасного напряжения голосовых связок хозяин наконец сообразил вырвать провод из розетки. В наступившей тишине истерзанный ревностью мужчина осипшим и усталым голосом произнёс:

— Я всё знаю. Ты живёшь с этим смазливым юнцом. Но так не может продолжаться, — он перешёл на более миролюбивый тон. — Ты здесь по контракту и должна соблюдать какие-то правила приличия. Я как твой работодатель требую, чтобы ты сегодня же ушла от него!

— Как мой работодатель вы не имеете никакого отношения к моей личной жизни! — твёрдо сказала Кáрмен.

— Я приказываю тебе уйти от него! — в новом приступе бешенства взревел хозяин.

— Ты мне не муж, чтобы приказывать, — пожав плечами, ответила она.

— Так вот чего ты хочешь?! — заявил вдруг сэр Харис с таким видом, как будто только что разгадал загадку Сфинкса. — Чтобы я на тебе женился?!

Ка́рмен даже рассмеялась от того, какой поворот принял их разговор.

— Как же ты женишься? Ты ведь женат!

— Это поправимо, — тем же странным тоном ответил ей он.

— Что, неужели разведёшься?! — Ка́рмен развеселилась ещё больше.

— Уходи от него сейчас же, и завтра я начну развод! — сузив глаза, тихо, но без колебаний произнёс он.

— Нет. Я уйду от него в тот день, когда ты получишь развод! — решив подыграть ему, беззаботно парировала девушка.

Глава XIV

В ожидании чего-либо время тянется как тугая смола, но когда мы проживаем свои самые счастливые жизненные периоды, оно летит стремительной стрелой.

Ка́рмен и не заметила, как пронеслись два года. Всё это время она действительно была по-настоящему счастлива. Фелиппе казался ей её второй половинкой, хоть и по характеру был совсем другой. Временами он был таким же беззаботным и весёлым, как она, ходил на вечеринки, придумывал для неё сюрпризы. Но часто на него накатывала меланхолия, и в такие моменты он нещадно терзал себя чувством вины. Воспоминания о брошенной и так любимой им прежде жене стояли над ним тёмной зловещей тенью и не давали наслаждаться счастьем в той полной мере, в которой им наслаждалась не слишком совестливая Ка́рмен.

Также, в отличие от Ка́рмен, у которой материнский инстинкт был совершенно на нуле, Фелиппе очень переживал из-за своих оставленных детей.

Но никогда ни на одну секунду он не дал Ка́рмен почувствовать, что сожалеет о сделанном выборе.

— Ты — моя судьба, какой бы горькой она ни была! — с каким-то мистическим фатализмом снова и снова повторял он.

Бывало, его мучали какие-то кошмарные сны, но ни разу не захотел он поделиться ими с Ка́рмен. Впрочем, она и не расспрашивала. В такие дни она просто старалась быть с ним ещё более милой и очаровательной, и постепенно Фелиппе снова растворялся в любви, забывая обо всём. Но самым лучшим лекарством для него оказался тот день, когда он сумел наконец начать строить планы на их совместное будущее. Целуя живот Ка́рмен, он говорил:

— Какие чудесные малыши выйдут из этого тёпленького уютного местечка когда-нибудь!

Ка́рмен при этом недовольно морщилась, вспоминая неприятный пережитый опыт, и думала о том, что ничто уже не сможет заставить её пройти его ещё раз. Ей было хорошо находиться рядом с любимым, и она искренне не понимала, зачем им нужен кто-то ещё. Вообще эта упорная тяга мужчин в её жизни иметь от неё детей казалась ей крайне назойливой. Всякий раз, когда Фелиппе пускался в рассуждения о том, как они заживут, вернувшись на родину, когда заведут своего первенца, как он будет искать там работу, он напоминал ей Бенли, каким он стал после их свадьбы: серьёзным, ответственным и... невыносимо скучным. Возможно, семейная жизнь не казалась бы ей столь тоскливой, если бы мужчина, являющийся её мужем, мог предложить ей уровень существования, не имеющий ничего общего с заботами, рутиной и беспокойством о том, где раздобыть деньги. Но, к огромному сожалению Ка́рмен, всё, что мог предложить ей Фелиппе, она уже проходила с Бенли.

Каждый уходящий день приближал её к окончанию контракта, заставляя терять по крупице тот покой и умиротворённость, которые она обрела с Фелиппе. «Почему время нельзя остановить? Почему нельзя всегда жить в настоящем?» — с тоской думала она, засыпая. Сказка подходила к концу, и в душу просачивались тревожные чувства. Фелиппе, казалось, ничего не замечал. Он искренне радовался тому, что их работа на Кипре заканчивалась почти одновременно, и собирался организовать их отъезд в один и тот же день. Каждый из них непрестанно думал об этом, но с прямо-таки противоположными чувствами.

Существовал и ещё один человек, кто был неравнодушен к этому событию. Сэр Харис хотя и смирился с создавшейся ситуацией, но оставался всё это время незаметной тенью в жизни Кáрмен. С трудом усмирив свою ревность, он нашёл другой способ видеться с ней. Несколько раз в неделю он появлялся в своём доме в обеденное время, привозя с собой еду на двоих из греческого, японского или итальянского ресторанов. Кáрмен не видела особого повода, чтобы лишать себя такого удовольствия, и каждый раз составляла ему компанию. Хозяин больше не возвращался к тому странному разговору, из чего она заключила, что у него просто было временное помутнение. Хотя свои поползновения он всё же время от времени безуспешно возобновлял. Также было очевидно, что в семье у него не всё благополучно. Часто по утрам Кáрмен находила супружескую постель неразобранной, что могло означать только одно: после очередной ссоры мадам Мария уходила ночевать к своей матери, живущей в соседнем районе, в то время как сэр Харис пускался во все тяжкие. Впрочем, Кáрмен мало придавала значения тому, что происходит в чьей-то другой жизни, кроме её собственной.

Глава XV

Но вот однажды, в один из тех обычных дней, от которых ничего особенного не ждёшь, случилось нечто из ряда вон выходящее. Сэр Харис, приехав, как всегда, на обед, вошёл в дом, с торжественным видом неся в руках огромный букет из ярко-бардовых роз.

— Это тебе, моя девочка, — тихо сказал он. Глаза его при этом лучились тёплым радостным светом.

Ка́рмен, до того привыкшая жить в окружении цветов в саду Фелиппе, приняла букет как должное. В середине, между бархатными головками бутонов, она заметила простой белый конверт.

— Это тоже мне? — предвкушая очередное денежное возношение, удовлетворённо и не без жеманства поинтересовалась она.

— Да, — кратко, но интригующе ответил он. Девушка положила цветы на стол и открыла конверт. Внутри его оказался какой-то документ, написанный греческими буквами.

— Что это? — несколько разочарованно протянула Ка́рмен.

— Читай! — также лаконично велел хозяин.

— Но здесь же на греческом! — рассердившись, что её дурачат, возмутилась она. Сэр Харис молча подошёл и перевернул листок. На его обратной стороне по-английски оповещалось о том, что 6 июня 2010 года брак между мистером Харисом Джорджем Лазаридис и миссис Марией Лазаридис (в девичестве Иоанну) прекращён.

Наконец до Ка́рмен дошло, что она держит в руках свидетельство о расторжении брака. Она ошарашенно глядела на стоящего рядом мужчину, ожидая какого-то продолжения. И оно не заставило себя ждать. Сэр Харис подошёл к ней, мягким движением высвободил из её пальцев листок и вложил в ладони маленькую синюю коробочку, перевязанную шёлковой ленточкой.

Девушка машинально раскрыла её. Содержимое коробочки заставило её громко вскрикнуть от восторга: на бархатной темно-синей поверхности лежало изумительной красоты золотое кольцо, всё покрытое великолепными лучащимися бриллиантами. Трепеща от радости, она тут же надела его на средний палец правой руки и подставила её к свету, любуясь переливами отсветов на драгоценных камнях. Сэр Харис осторожным движением снял кольцо и надел его на её безымянный палец.

— Немного велико, но его место здесь, — мягко сказал он, нежно целуя её руки. Ка́рмен оторопело смотрела на его склонённую вниз голову, и постепенно понимание того, что её судьба делает очередной виток, выводя её на какую-то новую линию жизни, стало проникать в её сознание. Она нерешительно дотронулась до чёрных, с серебристой проседью, курчавых волос мужчины и услышала его тихие слова:

— Ты можешь подумать. Но, если скажешь мне да, завтра же я поведу тебя в загс, и твоя жизнь изменится навсегда!

Перед глазами в одночасье мелькнул образ высокомерной холёной филиппинки, встретившейся ей в одном из бутиков, и она услышала свой собственный, но такой чужой голос, доносившийся как будто издалека:

— Да!

В тот же миг сэр Харис с каким-то радостным всхлипом резко выпрямился и заключил её в объятия, лихорадочно целуя её лицо, шею, волосы. Ка́рмен послушно позволяла, оставаясь в его руках бездейственной тряпичной куклой.

— Девочка моя! Моя маленькая девочка! — на секунду отстранившись, дрожащим голосом пробормотал он и впился долгим поцелуем в её губы.

Всё это, казалось, происходило не с ней: органы чувств будто отключились, и тело уже ни на что не реагировало. Никогда прежде она не изменяла себе и своему принципу отдавать себя, только лишь любя. И вот она сдавала себя в аренду... Словно напоследок возмутившись, её сознание всколыхнулось тревожным и нудно повторяющимся звонком. И тут, внезапно почувствовав себя свободной от жадных суетливых и чужих ей рук, до неё наконец дошло, что это был мобильный телефон сэра Хариса. Хозяин ответил в трубку прерывающимся от только что пережитых эмоций голосом, стараясь восстановить дыхание.

От усилия что-либо сообразить он напряжённо хмурил брови, и вдруг выражение лица его стало испуганным. Закричав что-то в ответ по-гречески, он вскочил и стал застёгивать на себе рубашку.

— Прости, дорогая, Янис попал в аварию! Я должен сейчас же ехать в больницу!

С явным сожалением об упущенной возможности насладиться её телом он поспешно поцеловал Ка́рмен в лоб и выбежал за дверь.

Оставшись одна, девушка находилась некоторое время в оцепенении. То, что произошло с ней сегодня, было таким неожиданным и противоречивым, что Ка́рмен не могла разобраться в самой себе. С одной стороны, это было тем долгожданным поворотом в её судьбе, тем самым шансом изменить если не всё, то многое, что так не устраивало её в жизни. С другой стороны... Перед глазами возникло лицо Фелиппе: меланхоличное, но пронзительно красивое, глядящее на неё с нежностью и любовью.

И вдруг её отрешённый взгляд натолкнулся на надетое на палец дорогое кольцо. Оглядевшись вокруг, она внезапно осознала:

— А ведь всё это теперь может принадлежать мне!

От этой мысли на душе стало легко и весело, как у нашкодившего ребёнка, которому после очередной проказы удалось благополучно скрыть свою шалость от взрослых. Она не спеша прошлась по всем комнатам, примеряя на себя роль хозяйки. Зайдя в гардеробную, Ка́рмен уверенным жестом владелицы открыла шкаф. Внутри всё было забито разноцветными платьями, кофточками и юбками. Встречались и довольно элегантные вещи, но примерить их было всё равно невозможно из-за гигантской разницы в размере. Разбежавшись, она плюхнулась с ногами на диван и взяла в руки домашний телефон. Эмоции распирали её изнутри, и она знала одного-единственного человека, которому могла сейчас обо всём поведать.

— Сесилия! — звонко закричала она в трубку. — Я остаюсь на Кипре! Навсегда, понимаешь?!

И она рассказала ей обо всём, что случилось в тот день.

Сама Сесилия уже была на чемоданах. Контракт её заканчивался на несколько месяцев раньше контракта Ка́рмен, и в ближайшее воскресенье она устраивала прощальный ужин. Ошарашив подругу своими новостями, девушка повесила трубку, и почти сразу же раздался звонок по мобильному. Звонил сэр Харис. Впрочем, в теперешних обстоятельствах его следовало бы называть как-то более интимно, подумала она. Он сообщил, что его сын отделался сломанной рукой, так что всё более-менее не так страшно. Семнадцатилетний Янис, получивший недавно в подарок от отца мотоцикл, стал жертвой собственной неосторожности. На большой скорости он не вписался в поворот и врезался в дерево.

Ка́рмен подумала о том, что она совершенно забыла о существовании детей в жизни её будущего супруга. Это её несколько озадачило. Но, поразмыслив ещё немного, она пришла к выводу, что подростки не должны быть для неё такой уж проблемой, так как через год-другой уедут на учёбу куда-нибудь в Англию и начнут свою собственную взрослую жизнь.

Взглянув на часы, Ка́рмен увидела, что во всей этой кутерьме событий и мыслей время пролетело совершенно незаметно. Решив для себя, что самым разумным для неё сейчас будет вернуться домой, так как многие обстоятельства её нынешнего статуса ещё оставались непрояснёнными, она принялась собираться. Наспех схватив свои вещи, она побежала, чтобы успеть на последний автобус.

Всю дорогу мысли крутились вокруг завтрашнего дня. Да, всё-таки не стоит уступать сэру Харису, пока он не выполнит своё обещание. А то мало ли что ему может стукнуть в голову, как только он получит желаемое. Пусть сначала узаконит их отношения. Завтра, завтра же это должно случиться!

Подходя уже к дому, она сообразила, что так и не сняла кольцо с пальца. Заботливо засунув его обратно в коробочку, она аккуратно положила его в сумку. Только сейчас, в последний момент, перед тем как войти в дом, Ка́рмен с неуютным чувством подумала о Фелиппе, и дрожь пробежала по всему её телу.

Она задержалась у входа, чтобы собраться с мыслями, как вдруг дверь сама внезапно распахнулась. На пороге её встречал бледный Фелиппе. Ка́рмен, держась как можно естественней, прошла внутрь и подошла к нему, чтобы поцеловать.

— Скажи мне, это правда? — остановил он её словами, произнесёнными дрожащим голосом.

— Что именно, милый? — Кармен отвернулась, чтобы не видеть его потерянное лицо.

В голове закружился лихорадочный вихрь мыслей: «Что он может знать?..»

— Это правда, что ты... с этим... своим хозяином... — голос его срывался, а на лице при последних словах отобразилось выражение гадливости.

Это несколько покоробило Кармен, но уверенным и весёлым голосом она ответила:

— Нет, конечно! Ты же знаешь, он всегда ко мне приставал, но не больше! Неужели ты ревнуешь?

— Значит, ничего не было? — в его голосе послышались угрожающие нотки, и одним резким движением он вырвал у неё сумочку.

Кармен с ужасом следила за ним. «Ещё одна преданная подруга!» — мелькнуло в её голове. Через секунду кольцо было найдено. Он медленно повернул лицо в сторону Кармен и... вдруг с яростью швырнул его в угол:

— А это тогда что?!

Подскочив к ней, он ожесточённо стал трясти её, в исступлении выкрикивая упрёки:

— Как ты могла?! Я бросил всё ради тебя! Я предал свою семью! Я стал позорным трусом, и всё это ради тебя! Понимаешь?!

И тут Кармен почувствовала, как холодная волна ненависти обдаёт всё её существо. Глядя прямо ему в лицо, она цинично произнесла:

— А что ты мне можешь дать? — её голос сорвался на крик. — Какую жизнь ты мне можешь предложить?! До окончания дней моих прозябать в бедности?! Да! Это всё правда. Я ухожу от тебя. Это наш с тобой конец!

Фелиппе вдруг замер. Зрачки его глаз странно расширились, что сделало взгляд как будто невидящим.

— Наш с тобой конец!.. — будто эхом отозвался он тоном душевнобольного и пошатнулся.

На Ка́рмен накатило чувство невыносимой усталости. Теперь, когда всё было сказано и скрывать было нечего, она больше не ощущала ни страха, ни вины. В конце концов она принадлежала лишь самой себе и была вправе выбирать.

Ка́рмен равнодушно наблюдала, как Фелиппе повернулся и в замедленном действии начал что-то искать по комнате. Через минуту в руках его появилась верёвка.

Ей даже не пришло в голову сопротивляться, когда он не спеша и методично стал связывать ей руки и ноги. «Как это смешно и глупо... На что он ещё надеется? Что сможет удержать меня силой?! Наверняка с утра здесь появится Харис...» — без эмоций думала она. Фелиппе легко подхватил её на руки и заботливо опустил на кровать. Сколько счастливых мгновений испытала она здесь с ним! Но всё это теперь виделось в далёком прошлом, которое невозможно было вернуть. Они были ещё рядом, в одной комнате, но их разделяла пропасть. Посмотрев снова на Фелиппе, она увидела, как он методически поливает вокруг стены и пол из большой жёлтой лейки, которую обычно использовал для полива небольших клумб. «О боже! — во внезапном приступе болезненной жалости, намешенной на презрении к мужской слабости, подумала она. — Он всё-таки свихнулся! По-видимому, вообразил, что опрыскивает свои цветочки!..»

Комнату наполнил неприятный, раздражающий обоняние запах. «Бензин. Отчего здесь так пахнет бензином?» —

и в тот же миг, когда кошмарная догадка проникла в её голову, в руках у Фелиппе ярко вспыхнула спичка. Подожжённая горючая жидкость мгновенно образовала пылающее кольцо.

— Не-е-ет!!! — паника нахлынула снежной лавиной. — Не надо!!! Прошу тебя!!!

Кáрмен извивалась по всей постели, пытаясь разорвать связывающие её верёвки. Рыдая в истерике, она умоляла его прекратить весь этот ужас. Фелиппе молча подошёл и лёг на кровать рядом с ней. Ласково, но крепко держа её в объятиях, он стал гладить её и успокаивать:

— Не бойся, любимая. Всё правильно. Всё как надо. Всё, как было во снах...

Пелена животного страха застлала сознание Кáрмен, и, словно галлюцинации, перед глазами вдруг стали всплывать картины из прошлого: вот она стоит на перроне, и её обнимает Бенли, вот она идёт навстречу горящим буквам на табличке с её именем, вот на неё набрасывается похотливый хозяин, пытаясь изнасиловать, и последняя, самая яркая картина: она и Фелиппе занимаются любовью на пляже.

Ещё раз в отчаянной попытке избежать смерти она стала вырываться и звать на помощь. Но едкий дым, стремительно наполняющий всю комнату, нещадно проникал в лёгкие, вызывая удушливость, кашель и головокружение, и не давал кричать. Сквозь густую пелену дыма она различала бушующий огонь, окружающий их со всех сторон по кругу, и они, находящиеся в центре всего, словно возлежали на алтаре жертвоприношения — Жертвоприношения Любви...

В три часа ночи в доме Хариса Лазаридиса раздался телефонный звонок.

— Мистер Лазаридис, извиняемся за беспокойство в столь поздний час! Вы являетесь работодателем Ка́рмен Кадорна Пинсон, не так ли?

— Да, — ничего не соображая, спросонья ответил тот.

— Дело в том, что ваша домработница погибла при пожаре, и нам необходимо вызвать вас на опознание трупа.

Повисла долгая пауза, в течение которой полицейский на другом конце провода усиленно шипел в трубку и кричал «алло».

— Как это произошло?.. — наконец упавшим голосом с трудом произнёс потрясённый мужчина.

— По-видимому, возгорание случилось вследствие короткого замыкания или, возможно, непотушенной сигареты, в то время как люди спали, так как тела были обнаружены в постели. Таким образом, они оба умерли во сне. Впрочем, остаётся ещё один непонятный факт: девушка предположительно была связана. Ну вы не волнуйтесь, следствие обязательно во всем разберётся!

Дорога

> *Все пути одинаковы — они ведут в никуда. Спроси себя, есть ли у этого пути сердце? Если есть — путь хорош; если нет — он бесполезен. Все пути ведут в никуда, но у одного пути есть сердце, а у другого нет. Один путь доставляет радость, и, пока ты идёшь по нему, ты неотделим от него; а другой путь заставляет тебя проклинать всю свою жизнь. Один путь наделяет тебя силой, другой — лишает её.*
>
> *Карлос Кастанеда*

Темнота стояла сплошной чёрной стеной. Невозможно было разглядеть, куда ступали собственные ноги. Идти приходилось наугад, левой рукой слегка касаясь дорожного ограждения, чтобы хоть как-то передвигаться в этой липкой тёмной массе, которую представляла собой прохладная и влажная южная ночь. Далеко впереди, почему-то внизу и справа (видимо, шоссе делало очередной поворот, как это обычно бывает на сильно холмистой местности), виднелись огни дорожных фонарей. Идти до них представлялось явно ещё долго, и нужно было набраться терпения...

«Вот идиот! — подумала она. — Даже выкинуть меня из машины умудрился на самом плохо освещаемом участке дороги! И почему мне так везёт на всяких юродивых?!»

От алкоголя и только что пережитой ссоры эмоции хлестали через край, и холод какое-то время не ощущался. Шаги давались с трудом, ноги были как ватные, но в голове бушевала буря, и кровь пульсировала в висках горячими ударами. В ушах все ещё стоял звон от собственных криков. Чувство обуявшей злости было таким же ослепляюще-чёрным, как и темнота вокруг. Ветер холодил разгорячённое лицо, и в какой-то момент, когда напряжение достигло своего пика, по нему потекла тёплая солёная влага, приносящая некоторое облегчение. Сразу как-то отпустило, и звенящая пустота в голове потихоньку стала заполняться первыми осознанными мыслями. Снова очередная передряга, снова нужно откуда-то выпутываться…

«А холодно-то как…» — поёжилась она от очередного порыва пронизывающего ноябрьского ветра, холодного северо-восточного пойраза, какие обычно бывают в осенне-зимний сезон на Средиземноморье. Вдруг вспомнилось, как турки издавна считали, что этот ветер зарождается где-то в холодной России и приносит оттуда непогоду и дожди. Тоненькая, вся в блёстках, маечка на бретельках явно не способствовала особому удерживанию тепла; ботфорты хоть как-то прикрывали голые ноги выше колен, но из-за коротких шорт из чёрной кожи оставалась неприкрытой ещё солидная часть бедра, и прикрыть её, как назло, было нечем. «Уф! Сейчас бы сюда Соньку с её сумищей, в которой она таскает всё, что только можно, даром, что с неё все смеются. Там наверняка оказалась бы её любимая синяя шаль, которую эта ненормальная тягает с собой куда попало, даже в жару. После того случая в полиции она теперь всем болтает, что это её талисман. Тоже мне "талисман"! — фыркнула она. — Со страху закуталась вся с ног до головы в эту тряпищу, вот её и отпустили! За убогую приняли, наверное…»

Мысли, затуманенные алкоголем, стали быстро крутиться вокруг Соньки, которая, несмотря на свой ханжеский характер (и к большому удивлению всех), оказалась самой востребованной проституткой в кабаре, чем вызывала время от времени приступы острой зависти у остальных своих коллег. «А в другой-то раз! — вспомнилось ей не без ехидцы. — Подвёл-таки её талисманчик!.. Такого толстосума упустила! Богатенький Буратино поспешил вернуть её на место изъятия, утеряв, понимаешь ли, сексуальный интерес, увидев, как она садится в его кабриолет, вся покрытая чем-то шерстяным и синим!»

Приятно возбуждённая такими воспоминаниями, она некоторое время передвигалась в темноте достаточно бодро, но вскоре сырость и ветер снова дали о себе знать. «Чёрт! В этой стране не поймёшь, как одеваться из-за этой дурацкой погоды! Днём на солнце жара, хотя уже и ноябрь, а ночью умираешь от холода. Как в пустыне какой-то, ей-богу! Впрочем, этот идиот вытащил меня из той проклятой дыры в середине рабочего дня, как любит говорить Сонька, хотя правильнее было бы сказать «рабочей ночи»! — хохотнула она в восторге от собственного каламбура. — А я к тому времени уже, видимо, хорошо наклюкалась, раз не почувствовала холода, пока он затаскивал меня к себе в машину. Боже!.. — простонала она. — Сейчас бы сюда хоть бутылочку виски, если уж не Сонькину шаль...»

Спасительный алкоголь стремительно выветривался из затуманенной головы, вырисовывая перед внутренним взором всю неприглядность ситуации, в которой она оказалась. Мысли о её всегдашнем невезении снова стали просачиваться в сознание скользкой холодной и изворотливой змейкой.

«Ничего-ничего, — поспешила успокоить она себя, — в этой стране ночью никто не спит. Разве что дети да верные жёнушки… А эти самцы всю ночь гоняют по хайвэю туда-сюда, так что это наверняка временное затишье, и скоро какая-нибудь машина покажется на дороге». Первый приступ подступающей паники удалось-таки вовремя предотвратить, и мысли побежали в более спокойном русле. «Вот и мой "этот" — любитель поужинать в Лимасоле, позавтракать уже в Никосии, а потом сразу назад. Как только они после таких бурных ночей идут на работу в свои офисы?.. Да уж, южные мужчины!.. Жаль вот только, что днём они живут все больше по принципу «σιγά-σιγά»[6]. Панайотис уже третью неделю обещает отправить перевод домой, а всё никак. Маме вообще звонить боюсь, все разговоры об одном и том же: денег нет, пенсия заканчивается уже в середине месяца, детей кормить нечем, а одевать тем более не на что».

Вспомнился последний, двухнедельной давности телефонный разговор. Мать от начала и до конца всё плакала в трубку и причитала о том, что Машку надо в следующем году отправлять в школу, а у неё нет на это ни здоровья, ни денег. Да и кто уроки с ней делать-то будет, если ни отца, ни матери рядом нет? Первый — раз в год только и покажется в непотребном состоянии, а вторая — непонятно в каких краях плутает. Так хоть привозила бы чего для детишек-то бедных, а то и материнского тепла не знают, и толку никакого от этих поездок нет… На этой фразе ужасно захотелось закричать, что толк всё-таки какой-никакой есть и что она их всех прошлым летом на море вывезла, дети аж пищали от радости, но мать не слушала и продолжала — продолжала перечислять все их общие горести и заботы… После таких разговоров каждый раз оставалось горькое ощущение собственной никчёмности и пустоты. Депрессия накатывала серой плотной паутиной. Непутё-

---

[6] Потихоньку, не спеша (*греч.*).

вая дочь, непутёвая жизнь. С деньгами-то и вправду что-то не везло: то хозяин обманет и не выплатит, то ещё что-нибудь. А в прошлый раз так прямо в самолёте, уже при возвращении, из сумки вытянули… Только вот первая поездка и оказалась единственно удачной. Денег заработала уйму, по приезде домой, правда, сразу их и растратила, но несколько месяцев жили припеваючи! Мать тогда хоть и догадывалась, какой работой занималась дочь, но помалкивала. Теперь же всё пилит и пилит: стыд и срам, ты же учительницей начальных классов работала, а теперь совсем опустилась, бросала бы лучше свои поездки, возвращалась бы в школу; маленький, а всё же постоянный заработок, да и детям за мамку стыдно не будет, не то что теперь. Откровенно говоря, такие мысли время от времени уже приходили в голову и ей самой, особенно после особо неприятных перипетий, каких при этом виде заработка оказалось в изобилии. Но это означало поставить жирную точку на всех надеждах на какие-либо перемены в личной жизни. А в конце концов ей тоже нужно свою жизнь устраивать! «Молодая ведь ещё, и тоже жить нормально хочется! — пошёл в защиту всегдашний аргумент. — Вот Наташка Малахова в Турции в прошлом году зацепилась за менеджера отеля, осталась там, да и замуж за него вышла!.. Сейчас уже и бизнес какой-то заварили вместе… А некоторые, по слухам, ещё покруче устроились. Как в книге Пауло Коэльо «Одиннадцать минут», у богатых и знаменитых сейчас хозяйками на виллах сидят. Да хоть бы уже, как Галка, найти себе состоятельного и щедрого старика. С ним, конечно, будущего никакого, да и женат он, но содержит прилично, и она только раз в несколько месяцев к нему одному гоняет. А всё остальное время себя развлекает, квартиру на его деньги уже купила. Жизнь в шоколаде!» — вздохнула она, и снова в душу прокралось тягостное чувство зависти и отчаяния от собственного неуспеха...

«Да... А мне вот только одни балбесы и попадаются, никакого толку с них! Хоть бы один за все время приличный... Вот уж думала: наконец-то повезло, когда Панайотиса встретила! А он такой же никчёмный оказался, как и все остальные. Живёт в своё удовольствие — вернее, не живёт, а играет в жизнь, в какие-то бесконечные игры играет... В чувства, в любовь... А настоящего-то ничего и нет: всё надуманное в этой погоне за суррогатными ощущениями! Таким вот он и останется навсегда — вечно забавляющимся ребёнком... Так и будет морочить голову таким, как я, меняя их по несколько раз в год, чувствуя себя героем и спасителем душ, щедро раздавая обещания про райскую жизнь и не возлагая при этом на себя никакой ответственности... Впрочем, — с горечью подумалось ей, — лучше уж так, чем как мой дорогой так называемый "отец ребёнка". Только и был гораздн на то, чтобы этого самого ребёнка заделать, а вернее, двоих, и на большее его уже не хватило. Ни разу не то что памперс не поменял — не купил ни разу! Все три года, что я с ним промучилась, на работу так и не вышел... А я-то дура, когда замуж выходила, ещё верила, что как сыр в масле купаться буду: юрист всё-таки! Ну почему наши, русские мужики так на водку повадны?.. Эти вот и пьют каждую ночь, и толком не пьянеют... А самое главное — не спиваются! И на работу тебе ходят, и в семье роль добропорядочного семьянина играют, и в соответствующих "заведениях" завсегдатаи — всё тебе успевают! Жизнь, что называется, бьёт через край... А мой там, наверное, спился окончательно. В последнем телефонном разговоре мама говорила, что опять пьяный приползал на бутылку клянчить. Ванечка после таких его появлений заикаться, бедняжка, стал... А папочке хоть бы что: он только в таком состоянии вспоминает, что у него есть дети, и срочно начинает их "воспитывать", пытаясь наверстать упущенное. Машка его за это уже всей душой ненавидит. В свои пять лет, картавя, объявила, что все "мурсчины — нехолошие" и что она сама никогда "не будет зениться"».

Снова подул пронизывающий ветер, и по телу пробежал сильный озноб. Остановить это ощущение, сотрясающее все тело, как будто уже не представлялось возможным. Конечности, казалось, навсегда потеряли свою чувствительность, а зубы громко выбивали мелкую дробь в такт каждому шагу.

«Так, пневмония мне, кажется, уже обеспечена...» — с чувством обречённости подумала она. Откуда-то стало появляться — вначале слабое, а затем постепенно усиливающееся — необъяснимое желание прекратить всю эту тщетную борьбу со встречным ветром, остановиться наконец и просто лечь на землю, скрутившись в клубок. Усилием воли она отогнала опасное чувство, уже чётко осознавая протрезвевшим умом, к чему это может привести. Ясно представилась картина: раннее серое утро, машина скорой помощи, её тело, лежащее на земле, а вокруг люди. Кто-то произносит фразу «поздно», и всё дальнейшее уже происходит без всякой спешки. А затем оповещение родственников, прибытие цинкового гроба, плачущие лица матери и ничего так ещё и не понявших детей... «Боже! — мысль пронзила как электричеством. — А что же тогда будет с ними? У мамы и так сердце больное, это же инфаркт стопроцентный! А дети?! Детдом и сиротские судьбы?.. Нет. Решено. Пошло всё к чёрту: все эти дурацкие иллюзии, все эти неоправданные надежды! Завтра, завтра же я возвращаюсь домой! Паспорт и билет, правда, у хозяина, ну ничего. Сонька мне поможет, она у него в фаворе. Уговорит его в два счёта — и первым же рейсом прочь отсюда. Жаль, середина учебного года, так что в школу сразу не устроиться… Хотя мать говорила, что видела Сергея Владимировича, и тот обещал меня в деканат взять на место секретарши, печатать-то я умею. Ну а к сентябрю видно будет, учителей всегда нехватка».

Как только принятое решение окончательно завладело её сознанием, сразу же появилось чувство какого-то внутреннего облегчения, некоей внутренней свободы от насильно возложенных на себя и так и не оправдавшихся ожиданий. Кровь побежала по всему телу быстрее, появились силы двигаться дальше. Ужасно — до физической боли — захотелось увидеть Машку и Ванечку. Прямо здесь и сейчас, сию же минуту. «Машка смешная такая: зубы меняются, картавит и шепелявит одновременно! — от внезапно охватившей её внутренней радости и чувства нежности она даже засмеялась вслух. — Ваньке три года сейчас, мой любимый возраст у детей. Младенческая припухлость ещё не ушла, а ведёт себя уже как взрослый, только маленький. Каждый день что-нибудь уморительное изрекает! За Машенькой-то я записывала, целая тетрадка получилась, даже в газету посылать собиралась — в рубрику «Детские смешинки». А Ванечка?.. Что я ему буду рассказывать про его первые годы жизни?.. Ведь он и ходить-то начал без меня, и зуб первый, так припозднившийся, прорезался в моё отсутствие. Да что и говорить? За последние два года можно по пальцам посчитать, сколько дней я с ними провела. А он ещё и шалун такой, мать с ним совсем не справляется. Может, и права она, когда говорит, что все его вредности — от недостатка внимания родных родителей…»

Внезапно ночную мглу разрезал луч электрического света. «Машина! — пронеслось в голове. — Наконец-то!» Свет дальних фар стал стремительно приближаться.

«Чёрт! Он же не заметит меня на обочине в такой кромешной тьме», — промелькнула тревожная мысль. Поспешно оттолкнувшись рукой от ограждения, она сделала два крупных шага к середине полосы. «Теперь-то уж точно не проедет мимо», — успокоила она себя, и от самого предчувствия того, что, возможно, через пару минут она будет сидеть в уютном салоне какой-то незнакомой машины, всё тело обдало приятной тёплой волной. Машина наконец-то вынырнула из-за поворота и с невероятной скоростью неслась навстречу. «Скорей же! Скорее!» — радостно подгоняла она её, подпрыгивая от нетерпения на одном месте.

Осознание того, что происходит что-то не то, пришло не сразу. «Что он делает?» — удивлённо застыла она в недоумении от происходящего. Всё тело как будто парализовало, и уставший мозг отказывался что-либо соображать. В момент, когда ослепляющий свет фар окончательно лишил её возможности к какому-то ни было действию, откуда-то пришло наконец осмысление реальности: скорость стремительно приближающегося автомобиля не меняется. Вдруг в какой-то невероятной близости мелькнуло сонное и ничего не понимающее лицо водителя, в последнее мгновение сменившееся на искажённую маску ужаса, и снова всё вокруг окутала мягкая бархатная чернота...

«В ночь с 13 на 14 ноября на шоссейной трассе Лимасол — Никосия в дорожно-транспортном происшествии погибла 26-летняя гражданка Украины. Возле съезда на Хирокитию она была сбита автомобилем, за рулём которого находился 20-летний житель Лимасола. При столкновении от мощного удара тело было отброшено на противоположную, встречную полосу шоссе под колёса следующего в Никосию грузового транспортного средства. От полученных множественных травм девушка скончалась на месте».

Неумолимость Мойр

...Издревле данный закон или власть беспредельно благая
Мойра одна эту жизнь наблюдает — из высших блаженных,
Снежный Олимп населяющих, — боле никто, кроме ока
Зевса, что всесовершенно, — и всё, что у нас происходит,
Ведает Мойра и всепостигающий разум Зевеса.
Дщери благого отца — о Лахесис, Клото и Атропа!
Неотвратимые, неумолимые, вы, о ночные,
О вседарящие, о избавители смертных в несчастьях...

Орфей

Самолёт наконец-то взлетал. Одна из многочисленных пассажирок, молодая женщина лет двадцати пяти, повернула бледное заплаканное лицо к иллюминатору. Массивный KLM уверенно поднимался ввысь, оставляя под собой взлётно-посадочную полосу аэропорта принцессы Юлианы, находящуюся в невероятной близости от пляжа Махо на одном из островов Карибского бассейна. Полуголые отдыхающие, кто развалясь на белом песке, а кто распластавшись на бирюзовых волнах, задрав головы, вперили взгляд в днище парящей в воздухе металлической громадины. Земля внизу стала стремительно уменьшаться, и через минуту туристы на пляже превратились в маленькие чёрные точки на тонкой белой полоске, отделявшей изумрудную зелень гористо-холмистой поверхности острова от синеватой зелени Атлантического океана. Пустым потерянным взглядом женщина смотрела на простёршуюся внизу шевелящуюся бескрайнюю бездну и затем с содроганием отвернулась, резким жестом закрыв пластмассовую заслонку окошка иллюминатора. Светящийся значок на верхней панели над пассажирскими сидениями ещё не погас. Вставать было запрещено, но видно было, что в тамбурах уже суетятся стюардессы. Одна из них летящей стремительной походкой пересекала салон, быстрым профессиональным взглядом окидывая всё вокруг себя, по привычке, заученной до автоматизма, оценивая безопасность положения. Дойдя до середины салона, её глаз уловил мелкую деталь, выбивающуюся из идеального порядка подготовленного и проверенного к взлёту салона. С вежливо-озабоченным видом она остановилась возле ряда сидений, где был закрыт иллюминатор. Обращаясь к пассажирке, сидящей у окна, она уже было открыла рот, чтобы произнести заученную наизусть фразу-замечание, как тут же осеклась, рассмотрев женщину. Та вымученно повернула к ней своё заплаканное лицо с тёмными кругами под глазами, и стюардесса, с нотками сочувствия, невольно спросила:

— Вам что-нибудь надо? Принести что-нибудь?

— Воды… — еле слышно прошелестела та в ответ.

Стюардесса поспешно удалилась, а молодая женщина потянулась за сумочкой, из которой словно не слушающимися её руками — даже несколько заторможенно — выудила пузырек с пилюлями. Подождав, пока ей принесут стакан с водой, она запила им три ядовито-зелёных шарика и в изнеможении откинулась на спинку кресла, с некоторым успокоением закрыв глаза. Через минуту она спала, будто провалившись в забытьё.

***

Церковь сияла и искрилась золотыми отблесками в свете бесчисленных электрических свечей на богато украшенных канделябрах с многочисленными рожками. С потолка свисали напоминающие жирандоль и украшенные хрустальным убором гигантские многоярусные люстры-паникадило, освещая множеством своих огней массивные резные иконы византийского канона и лики святых, изображённых на них. От запаха ладана и ощущения невыразимого счастья слегка кружилась голова. В ушах ещё звучал гулкий голос певчего. Ступни ломило от длительного стояния в узких белых лодочках. Харá неловко переступила с ноги на ногу, и венчальный венец, только что возложенный священником, соскользнул по шелковистым прядям её чёрных выпрямленных волос. Ренос ловко ухватил свой за ободок, и второй повис на белой батистовой ленточке, не успев упасть на пол. Харá виновато улыбнулась и поспешно снова водрузила его себе на голову. «Слава богу, что Ренос сохраняет хладнокровие», — с чувством гордости за жениха подумала она. Что она ещё от переизбытка чувств сегодня натворит? Харá всегда за всё излишне волновалась. А тут — венчание! Самое главное событие в её жизни! Как же не волноваться?

К свадьбе готовились, как и положено, загодя. Ещё в прошлом году Харá точно знала, в какой церкви будет проходить церемония бракосочетания. Платье тоже заказывала месяцев за восемь, впрочем, как и кольца. И хоть от постоянных треволнений и усиленных диет после покупок ей удалось изрядно похудеть, Харá воспринимала это в позитивном ключе: лучше уж ушить свадебный наряд, чем быть пампушкой на своей собственной свадьбе! Всё же многочисленные фотографии и видеосъёмка навсегда запечатлеют её сегодняшний день, который она потом будет вспоминать из года в год и свидетельства о котором будет показывать своим детишкам. Так оно и получилось. Затянув себя в корсет, Харá осталась абсолютно удовлетворённой: такой худенькой она не была со времён лицея. Вот только с кольцом вышла небольшая оплошность. Харá и думать не думала, что, похудев, её безымянный палец окажется слишком тонок для купленной драгоценности. Предпринимать что-либо было поздно, и она решила, что в крайнем случае наденет его на перчатку, чтобы не спадало.

И вот уже обручальное кольцо поблёскивает у неё на руке, отливая нежными бриллиантами на белоснежной ткани. Церемония обряда венчания подошла к концу, и молодые, развернувшись к публике, глядели, как гости неспешной змейкой выходили из церкви, чтобы ожидать молодожёнов у входа в храм. Самые близкие подходили для поздравлений и поцелуев. Наконец пришло время и молодых: степенной походкой они медленно шествовали по неширокому проходу между деревянными сидениями к открытым вратам храма, где уже столпились приглашённые и где их ожидал белоснежный лимузин. Вдруг Харá услышала, как что-то звонко ударилось о мраморный пол церкви, и маленький сияющий огонёк весело запрыгал по ступенькам паперти. Ренос проворно наклонился и накрыл его ладонью. Харá растерянно поглядела на свою девственно белую перчатку, ткань которой оказалась слишком скользящей. В этот момент на них обоих обрушился дождь из лепестков роз и зёрнышек риса, на счастье. Все шумно поздравляли их и хлопали в ладоши.

***

Двупалубный «Боинг—747» мирно летел на высоте десять тысяч метров, разрезая мягкую белую вату облаков. Стюардессы только что закончили сервис и собирали оставшиеся пластиковые контейнеры из-под еды. Просторный салон с длинной вереницей сидений в три ряда был полностью заполнен пассажирами. Все по-разному готовились перенести утомительный, почти десятичасовой перелёт: кто-то спал, завернувшись с головой в шерстяной плед, кто-то настроился на просмотр всех имеющихся на каналах фильмов, иные каждые несколько минут сновали по кабине, пытаясь найти хоть малейший предлог, для того чтобы встать и размять ноги.

Одна из стюардесс ходила по кабине с подносом и предлагала воду. Вдруг какая-то невидимая сила толкнула её вперёд, и несколько стаканчиков, расплеснувшись, упали на пол. Вскоре почувствовалось ещё несколько толчков. Авиалайнер словно натолкнулся на воздушные ямы. Через минуту командир объявил по громкоговорящей связи, что самолёт попал в зону турбулентности. Следом загорелся знак «Пристегнуть ремни». Экипаж в салоне засуетился, усаживая всех пассажиров на свои места. Повсюду слышались взволнованные голоса. Стюардессы успокаивающим тоном отвечали на посыпавшиеся на них со всех сторон вопросы, одновременно пытаясь удержаться на ногах, чтобы обойти все ряды и проверить, пристёгнуты ли пассажиры. Высокий молодой стюард настойчиво будил спящих и давал указания пристегнуться. Разбуженные недовольно оглядывались, туго соображая спросонья, что происходит. Дойдя до тринадцатого ряда, стюард уже было потянулся растормошить спящую у окна женщину, как его остановил её сосед.

— Не надо. Она пристёгнута. Точнее, так и не отстёгивалась с начала рейса, — и затем обеспокоенным голосом добавил: — Я даже не знаю, может, с ней не всё в порядке: с тех пор как выпила какие-то таблетки, даже не пошевельнулась ни разу.

В этот момент салон тряхнуло так сильно, что стюард плюхнулся прямо на сидящих, уткнувшись носом в коленки находящегося посередине мужчины, который только что поведал ему о своих опасениях по поводу соседки. Воспользовавшись своим нелепым, но в данную минуту очень подходящим положением, стюард потянулся рукой к сонной артерии женщины. В то же мгновение она громко застонала. Мужчина посередине — человек, явно не любящий непредвидимых ситуаций и всего, что может потревожить его покой, — напряжённо сдвинул брови.

— Я думаю, с ней всё в порядке, — заверил его стюард, — нас предупредили о её случае. Она, возможно, так и проспит весь рейс.

— Да, но, если она будет так громко стонать весь полёт, может, её будет лучше разбудить? — неприязненно продолжил тот.

— А что, она и до этого стонала?

— До этого нет, но...

— Я думаю, это реакция на турбулентность. Перестанет трясти — она и успокоится.

Он с усилием выпрямился и двинулся дальше. С каждым новым толчком за его спиной раздавался новый протяжный женский полувскрик-полустон.

***

В кокпите пилот растерянно глядел на мониторы. Что-то было не так. Но что именно, он никак не мог понять. Он знал, что остальные двое суетятся над пациентом и сейчас заняты. Да, впрочем, чем они могли ему помочь? Хорошо уже будет, если они хотя бы в панику не ударятся. Машину кренило набок. Пилот повернул правый элерон максимально вверх, а левый вниз, однако всё было напрасно.

Солнце шло на закат, но всё ещё ярко светило. Пилот пыхтел и то и дело вытирал пот со лба. Тяга двигателя была недостаточной, и самолёт категорически отказывался набирать высоту. Как раненая чайка, стальная птица медленно скользила над поверхностью моря, кренясь на левый бок. Пилот прилагал отчаянные усилия, чтобы привести машину в управление, но результат был нулевой. В чём, собственно, неисправность, сейчас понять было невозможно. Результатом его стараний были периодические рывки и подскоки, которые сотрясали весь маленький самолёт. «Чёртова посудина! — обозлённо пронеслось у него в голове. — Ведь к тому же ещё надо торопиться! А я за все пять минут, что прошли после взлёта, так и не отлетел от берега!» Он резко дёрнул на себя ручку руля высоты, и в тот же миг самолёт окончательно потерял управление.

Падение было быстрым и стремительным. Удар о водную гладь оказался не менее жёстким, чем о земную поверхность. Последнее, что он увидел, перед тем как волны океана полностью накрыли крылатую машину, — это заметавшихся в ужасе людей на берегу.

***

— Что вам эти острова?! — искренне недоумённо запричитала пожилая женщина. Она суетилась вокруг молодой пары, то разливая по чашкам кофе, то поднося стакан с водой, то подскакивая за заменителем сахара. — Чем вам наш остров-то плох? Ничегошеньки вы там нового не увидите! Нет, ну, конечно, там жизнь другая, да и чернокожих, поди, пруд пруди, но вы же всё больше на пляже будете прохлаждаться, а чем Карибское море лучше нашего Средиземного? Если уж и мучиться перелётами по полсуток, — с отдышкой продолжала она, наконец-то усевшись в мягкое кресло напротив своих собеседников, — так езжайте лучше в Лас-Вегас, как сделали дети нашего крёстного. Уж впечатлений было на целый год! Вот это был настоящий медовый месяц! Даже не жалко было уймы потраченных денег! Оно того стоило!

— Мама! Ну, может, хватит уже! — нетерпеливо перебила её Харá. — Кому-то нужен Лас-Вегас, шум-гам, казино и бессонные ночи напролёт, а кому-то хочется провести медовый месяц в маленьком рае на земле, — она с трепетным уважением поглядела на молодого мужа. — Это была идея Реноса, и я её полностью поддерживаю.

Ренос, мужчина лет двадцати семи, высокий, худой, с несколько меланхоличным лицом, молча отпивал кофе, не вмешиваясь в разговор.

— А с каких это пор ты, скажи на милость, не любишь вечерние выходы? До свадьбы было дома не удержать! — мать поспешно исправилась, скосив глаза на Реноса, и добавила заискивающим голосом: — С подружками больно очень уж любила встречаться...

— Да, мама, а теперь я — замужняя женщина, — с гордостью сказала Харá, погладив руку мужа, — теперь многое в моей жизни изменилось. А если нам с Реносом захочется нарушить наше уединение, мы вполне сможем ходить в вечерние заведения, которых на карибском Сен-Мартине, уверена, огромное количество. Это туристический рай, мама!

— Наш Кипр — тоже туристический рай! — не унималась пожилая женщина. От перевозбуждения и желания повлиять на дочь всё её объёмное тело колыхалось волнами, а голос звучал всё громче и громче.

— Опять ты за своё, мама! — парировала дочь. — Всё уже решено! И менять мы ничего не собираемся!

Очевидно, обе женщины привыкли к подобным перепалкам и с запалом продолжали заранее безрезультатные попытки переубедить друг друга. Ренос не спеша допил кофе и незаметно вышел из комнаты на балкон. Квартира тёщи располагалась поблизости от моря. С балкона вид был прямо на береговую полосу. Его дядя, капитан дальнего плавания, только недавно вернулся с Карибских островов и рассказывал о них много интересных вещей. Реноса так и тянуло увидеть их все своими глазами. Нет! Карибское море должно быть совершенно другим!

* * *

Отель оказался ещё лучше, чем Ренос себе его представлял. Он располагался на голландской стороне, но, поскольку никаких ограничений на передвижение между голландской и французской частью острова не было, принципиальная разница отсутствовала. Карибский остров действительно казался раем на земле. Недаром даже один из горных хребтов назывался Горой Рая, или Пик Парадиз, поскольку это место являлось наивысшей точкой рельефа острова. Утопающий в буйной тропической растительности, ярких экзотических цветах, он значительно отличался от Кипра, где на большой территории в июле-августе лысели холмы с выгоревшей от палящего солнца травой. Тропический климат Карибов обеспечивал приятно ласкающую глаз зелень круглый год. На Кипре же Ренос любил проводить лето в горах, где сосны, кедры и платаны спасали в тени и дарили свежесть леса. В древности Кипр славился своими непроходимыми хвойными лесами, но из-за меднорудных месторождений, которые в Античности стали главной торговой отраслью острова, все деревья были вырублены для угля, необходимого для переработки руды в металл. То ли медь предположительно дала название острову, то ли остров — меди, но, так или иначе, как и латинское название этого металла «купрум», так и греческое название «кипрос» были созвучны названию Кипра. А что касается лесов, то в результате активной вырубки они сохранились лишь на склонах горных массивов.

...Ренос арендовал небольшой джип, и теперь в любой момент можно было ехать, куда душа позовёт. Жена была в восторге. Впрочем, Харá всегда была от чего-нибудь в восторге. За это он её, наверное, и полюбил. Не будь она такой покладистой и лёгкой в общении, Ренос вряд ли решился бы сделать ей предложение. Сам он не очень-то умел идти на компромиссы. Харá с улыбкой беспрекословно подчинялась всем его решениям, и, казалось, более кроткого жизнерадостного создания было не найти. Только в общении с матерью она вдруг резко менялась. Ренос иногда просто не узнавал её в такие моменты. Голос её приобретал металлические нотки, становился раза в два громче и выше, и иногда, когда он являлся сторонним слушателем и избегал вмешиваться в их разговоры, ему казалось, будто две дамы так ловко фехтуют словесными рапирами, что слышен звон и летят искры. Между тестем и своей молодой женой таких противостояний Ренос не наблюдал. Тестю было уже под шестьдесят, его здоровье было подорвано долгими годами учительствования в школе. Больше всего на свете ему хотелось тихонько дремать в кресле, не обращая ни на кого внимания. Этим же он частенько занимался и во время семейных застолий, включаясь в общий разговор только тогда, когда жена своей мощной рукой ударяла его по плечу и что-то громко кричала над ухом. Тёща, несмотря на свои тучные формы, сумела до преклонных лет сохранить энергию и бодрость духа. «Кто знает, может, ей удалось это именно за счёт здоровья своего мужа», — иногда с каким-то неуютным чувством думалось Реносу. И тогда он с беспокойством снова присматривался к Харé, ведь не зря же говорят: чтобы узнать, какой девушка будет к старости, посмотри на её мать. «Но нет, от властной громкоголосой и бескомпромиссной тёщи Харá не унаследовала ничего», — успокаивал он себя после долгих раздумий. Ведь за три года, прошедшие с их знакомства, она ни разу не высказала ему наперекор ни единой фразы. Если и были у неё какие-то предложения, куда пойти и как провести время, то она тут же с готовностью отказывалась от них, как только Ренос предлагал что-либо другое. Несмотря на свою молодость, Ренос давно уже понял, что, хотя в отношениях часто нужно поступаться своими желаниями, он со своим характером этого делать никак не может. По этой причине он не только не задумывался о раннем браке — он не задумывался о браке вообще. Однако поведение Хары помогло ему увериться, что в семейных отношениях с ней ему лично подстраиваться не придётся, а значит, такая женщина для него — просто клад. Ну разве много найдётся людей в наше время, готовых жертвовать своими желаниями, привычками и всяческими своими излюбленными маленькими странностями ради другого человека? Каждый тянет одеяло на себя. Если дело и доходит до брака, то паре неминуемо грозит одно из двух: либо развод, либо постоянная борьба за главенствующую роль в доме и бесконечные попытки переделать друг друга.

«Как жаль, что Господь создал нас столь нуждающимися друг в друге, — обычно думал Ренос, после того как очередные недолгие отношения с какой-нибудь девушкой подходили к неминуемой развязке. Мол, насколько было бы лучше жить в комфортной независимости от присутствия в твоей жизни других людей. Вот в будущем, наверное, этот извечный вопрос проблемных человеческих взаимоотношений будет решён! Недаром уже сейчас существуют футуристические фильмы, предлагающие идею об удобных и безопасных отношениях с искусственным интеллектом, который безупречно подстраивается под все индивидуальные особенности человека, становясь для него идеальным партнёром. И нет тебе ни риска, ни боязни обнажить душу и оказаться непонятым, осмеянным или раскритикованным, а в конечном итоге разочарованным и с психологической травмой в придачу. Все друзья Реноса, которые уже успели побывать в браке, после развода напоминали общипанных и похрамывающих петухов, вышедших из семейных отношений так, словно они кубарём вывалились из курятника. Однако Харá, казалось, не вписывалась в общеизвестную формулу, объединяющую союз двух эгоистов — продукт современной эпохи, — и полностью попадала под идеализированный принцип, что радость приносят только те отношения, которые построены не на стремлении получить, а на желании отдавать, что по отношению к Реносу было, очевидно, неприменимым. «Впрочем, когда один отдаёт, другому остаётся только получать, не так ли?» — думал про себя Ренос и с чувством облегчения продолжал диктовать свои условия, пока всё ещё длится, считая, что и эти отношения, как все его отношения до этого, будут временными. Но жизнь показала, что нет ничего более постоянного, чем временное. Сколько счастья светилось в глазах Хары, когда Ренос неуверенным голосом делал ей предложение!

— Я буду первой... — с восторженным благоговением прошептала она.

Ренос, ещё будучи в волнении от только что возложенных на себя обязательств, усиленно старался привести в порядок хотя бы свои мысли — уловить сейчас ход мыслей наречённой невесты было бы невыполнимой задачей и напрасной затеей.. Явно затрудняясь, он, нахмурив лоб, спросил:

— О чём ты, дорогая?

— Я — первая из моих подруг, кто выходит замуж! — захлёбываясь от радости, пояснила она.

Дальнейшее больше напоминало монолог, чем диалог, так как Харá начала быстро рассуждать вслух о всех необходимых приготовлениях к свадьбе, не дожидаясь ответов Реноса. В заключение она добавила:

— А в свидетельницы я приглашу Элени, Маро и Ниови!

Сейчас, сидя рядом с женой в машине и мчась по горному шоссе с живописной панорамой вокруг, Ренос молча посмеивался, вспоминая тот вечер. На свадьбе Харá вся светилась от счастья, несмотря на то что от перевозбуждения с ней постоянно происходили мелкие оказии. Ренос был вынужден также пригласить в свидетели троих друзей, хоть и считал, что это несколько чересчур. Впрочем, и после венчания Харá продолжала находиться в состоянии восторженного энтузиазма. Дав решительный отпор атаке своей матери, она полностью поддержала предложение Реноса провести медовый месяц на Карибских островах.

Каждое утро они просыпались в беззаботном настроении, Ренос продумывал маршрут, и они ехали в разные уголки острова, чтобы взглянуть на что-то новое, и затем, вернувшись, проводили остаток дня на пляже. Исследовав форт Амстердам и форт Уиллем — главные достопримечательности голландской части острова, напоминающие о его историческом прошлом, — сегодня они ехали на французскую сторону, чтобы взглянуть на старинную крепость Маригота — форт Луи, — с которой, как и с двух предыдущих, открывался потрясающий вид на залив. Но самой большой удачей было то, что им повезло застать Марди Гра — ежегодный карнавал, проводящийся во всех франкоговорящих регионах мира в последний вторник перед Великим постом как знак прощания с зимой и встречи весны.

Сейчас, в феврале, на Кипре также проходил ежегодный карнавал. В Лимасоле, самом оживлённом городе острова, в это время можно было наблюдать карнавальное шествие. В нём активное участие принимали местные школы, поэтому среди участников всегда было огромное количество детей. Медленно тянущиеся автофургоны с передвижными платформами, задекорированные в соответствии с многообразной тематикой (то это было царство Снежной Королевы, и тогда машина была обтянута в белое, а кузов был набит малышнёй в костюмах снежинок или снеговиков, в центре же, на троне, восседала красивая женщина в белоснежном наряде; то это было царство Посейдона: машина, соответственно, была обтянута синей тканью, ребятишки наряжены в виде рыбок, гимназистки в виде русалок, а какой-нибудь учитель в синем парике и с синей же бородой, с трезубцем в руках, изображал из себя морского царя) шумно и весело двигались через весь город. Хара́ рассказывала, как когда-то её вечно дремлющий отец был вынужден вот так же восседать в комичном костюме подводного властелина и как все родственники и знакомые сбежались на него посмотреть. С двух сторон, отрезанные от шествия разделительными низкими заграждениями, толпились зрители, большинство из которых были тоже наряжены в неимоверные костюмы. Причём мужчины-киприоты с удовольствием рядились в женские образы или, на худой конец, в различную нечисть, вампиров и чертей. Ренос вспоминал, как он, будучи учащимся лицея, однажды вырядился в костюм индийской женщины, и с него ухохатывался весь класс. Наряжались почти все, даже месячные малютки на руках у своих родителей частенько были костюмированы под тигрят, медвежат и всяких там людей-пауков. Шум-гам, разбросанное везде конфетти, выстреливающие гирлянды, спреи-серпантины — для туристов всё это было зрелищным представлением, в котором, к сожалению, отсутствовало само действо. Но карнавал есть карнавал! Весёлая сумасшедшая атмосфера беззаботной кутерьмы заставляла забывать обо всех проблемах и снова превращала взрослых в детей. Череда картин из бесчисленных сказок, мультфильмов и кино продолжала своё карнавальное шествие, и из года в год особенно ничего не менялось. Для самих киприотов мероприятие было интересно, скорее, тем, чтобы увидеть на параде своих знакомых, родственников и друзей, пострелять друг в друга спреем с разноцветным желеобразным серпантином и пеной и обсыпать конфетти. Реносу и Харе́ любопытно было сравнить, а также впоследствии похвастаться перед друзьями тем, что они побывали на настоящем карибском карнавале.

Добравшись до крошечной столицы французской части острова Маригот, они пристроились к уличной толпе, ожидающей начало Гранд-парада. Со всех сторон уже доносились звуки латиноамериканских мотивов, и вдалеке показались яркие краски роскошных разноцветных карнавальных костюмов. Праздничный кортеж возглавляли «король» и «королева», что сразу же напомнило Реносу Лимасольский карнавал. Резкое пронзительное чувство ностальгии вдруг охватило его всего. Он взглянул на Хару́. С по-детски восторженным лицом она заворожённо глядела на праздник.

— Ты не хотела бы сейчас оказаться в Лимасоле? — вдруг почему-то спросил он её.

— В Лимасоле? — недоуменно переспросила Хара́, не отрываясь от зрелища. — Ну конечно же, нет! Мы и так будем там через две недели. Нет, ты только посмотри на это!

Рассмеявшись над собой и над столь несвойственной ему сентиментальностью, Ренос принялся с интересом разглядывать пышнотелых латиноамериканских красавиц, облачённых в разноцветные страусовые перья. Шумный и яркий праздник значительно отличался от кипрского. Харá была в полном восторге, а Ренос всё же затруднялся определиться. Внезапно ему вспомнилось, как несколько лет назад он так же случайно попал на костюмированное шествие в Праге. Стоя под старинными башенными часами на Староместской ратуше, на которых каждый час двигалась фигура Смерти в виде человеческого скелета, Ренос со смешанным чувством любопытства и неприязненности глядел на людей в мрачных костюмах козлов и медведей, в уродливых масках, с цепями вокруг шеи и ног, приплясывающих в дёрганом ритме какой-то сумасшедшей пляски, и мрачный дух Средневековья дохнул на него своим смрадным дыханием. Отбросив от себя ни с того ни с сего нахлынувшее неприятное воспоминание, Ренос подумал, насколько детскость и непосредственность кипрского карнавала, а также жизнелюбие и экзотичность карибского празднества отличаются от континентальных традиций, отяжелённых тёмным и кровавым прошлым тысяч поломанных человеческих судеб, проведших свой путь в суровых условиях физических и психологических лишений, где сама природа-мать не особенно облегчала существование человека. Видимо, островной менталитет тёплого климата располагал людей к другому отношению к жизни. Мягкие климатические условия, вечное лето и красочность природы напоминали земной рай и порождали людей, стремящихся от всей души непринуждённо наслаждаться жизнью на земле.

По возвращении в отель в Филипсбурге — столице голландской части острова, — Хара́ и Ренос услышали, что на следующий день нужно будет обязательно побывать на пристани.

— Завтра там можно будет взглянуть на самого большого в мире родственника «Титаника» — круизный лайнер «Очарование морей», который вмещает в себя семь с половиной тысяч людей, — поделился с ними высокий тощий голландец, который появился в отеле ещё до их приезда и везде ходил с книгой о Древней Греции, так как оказался заядлым любителем античной истории. — Это настоящий плавающий город, где есть парки с живыми деревьями, многочисленные бассейны, среди которых и адаптированный для сёрфинга, площадки для теннисных кортов, баскетбола и волейбола, стены для скалолазания и даже ледовый каток!

— Как это мы не подумали с тобой о круизе по Карибским островам? — тут же расстроился Ренос.

— Да уж! Это было бы здорово! — с энтузиазмом подхватила Хара́. — Ну ничего, мы осуществим это на какую-нибудь нашу годовщину.

— Ну да, ну да! Скажи ещё: на золотую свадьбу пятьдесят лет спустя…

— Зачем же! А как насчёт год спустя? Если, конечно, у нас к тому времени не появятся детишки… — мечтательно протянула она.

Ренос удивлённо покосился на жену. К её чересчур восторженному отношению к замужеству он уже несколько привык (Хара́ вела себя так, словно осуществилась самая большая мечта её жизни), но с детьми торопиться уж точно не следует.

— Думаю, разумнее будет пожить пару лет для себя, — размеренно произнёс он, испытывающе глядя на жену.

— Конечно, конечно! — поспешила согласиться она. — Как скажет мой любимый муж.

***

Авиалайнер шёл на снижение. Некоторые пассажиры жаловались на боль в ушах, и стюардессы сновали туда-сюда, разнося на подносах леденцы и стаканчики с водой. С минуты на минуту должны были объявить о том, что самолёт пойдёт на посадку. В тамбуре старший стюард раздавал указания. Взяв в руки иммиграционные карточки, он обратился к одной из стюардесс:

— Выдай всем пассажирам, кому необходимо. А вот с этим, — он передал ей какие-то квитанции, — подойди на 13А. Пусть она заполнит и распишется, где надо. И в связи с деликатностью инцидента...

— Господи, какой ужас! — отшатнулась девушка. — Может, вы к ней сами, а?

— Давайте я, — вызвался молодой высокий стюард. Он спокойно взял порученные ему документы и направился к указанной пассажирке. Дойдя до тринадцатого ряда, он увидел спящую у окна молодую женщину.

— Что, она так и не просыпалась? — поинтересовался он у её соседа.

— Представляете, нет! — озадаченно ответил тот. — Но хоть больше не стонала... А с ней точно всё в порядке?

— Да, не волнуйтесь! Сейчас, правда, нужно её разбудить, мы всё равно уже через пять минут идём на посадку, — он потянулся к плечу женщины и мягко, но настойчиво начал её трясти.

Вскоре она с трудом открыла глаза и посмотрела вокруг себя ничего не понимающим взглядом.

— Госпожа Иоанну, простите за беспокойство. Мы снижаемся, и вам необходимо заполнить вот эти документы на... груз... чтобы соблюсти все таможенные формальности... Если нужны какие-либо разъяснения, то я помогу вам...

Женщина уставилась на вложенные в её руки документы так, словно не могла прочитать ни слова, напечатанного на них. Стюард принялся терпеливо указывать ей, что и где писать. Поставив наконец свою подпись, женщина с облегчением отдала все бумаги назад. Одновременно послышалось объявление, что через двадцать минут самолёт приземлится в аэропорту Амстердама.

Полчаса спустя женщина стояла у поста таможенной службы Схипхола. В изнеможении она опёрлась обеими руками о стойку. На лице её отпечаталось сильное утомление, словно это и не она проспала совсем недавно более девяти часов. К ней торопливо подошёл высокий, около двух метров ростом, служащий таможни с моложавым лицом, но уже посеребрёнными висками:

— Приношу свои извинения за все эти многочисленные бюрократические проволочки, но в связи с необычностью вашего груза, — он как-то виновато отвёл взгляд и продолжил, — ваш транзит продлится почти пять часов. И затем вы летите в Ларнаку, правильно?

— Да-да, всё верно, — тихим утомлённым голосом ответила женщина, не глядя на него.

— Дорогая моя, вот ты где! — сзади к ней подбежали две пожилые женщины. — Всё, всё, всё... Теперь мы сами обо всём позаботимся. Димитра, уведи её в зал ожидания. Пусть она отдохнёт. Я сама со всем остальным разберусь.

Грузная дама, которая только что дала указания другой, осталась общаться с представителем таможни, в то время как вторая, нежно обняв за плечи измученную молодую женщину, повела её в просторное помещение, посреди которого было несколько рядов сидений, а вокруг находилось множество различных кафе и миниатюрных брендовых ресторанов.

— Милая, — ласково позвала пожилая женщина, заглядывая в лицо молодой, — ты наверняка голодна. Присядем где-нибудь?

— Спать… Хочу спать… Только спать… — бессвязно несколько раз повторила девушка.

Торопясь проявить заботу, пожилая женщина осмотрелась вокруг и выбрала самое уединённое кафе с широкими мягкими креслами. Она усадила свою молодую спутницу в затемнённом уголке, и та мгновенно провалилась в сон.

***

Харá проснулась позже обычного. Вчерашний насыщенный день, видимо, излишне утомил её. Она лениво потянулась на постели и заметила, что Ренос уже встал. Сквозь раскрытое окно ветер шевелил прозрачные занавески. Вдали виднелась поблёскивающая бирюзовая вода залива и острые шпили белоснежных яхт. Харá не спеша приняла душ, оделась и причесалась. «Куда мог подеваться Ренос?» — озабоченно подумала она, глядя на себя в зеркало.

Харá с видимым удовольствием покрутила вокруг пальца обручальное кольцо. Ах! Замужем! Замужем! Как это прекрасно — быть замужем! Она приосанилась и снова посмотрела на себя в зеркало. А как завидовала Маро! До сих пор перед глазами стоит её недоверчивый взгляд, когда она рассказывала своим закадычным подружкам о том, что Ренос сделал ей предложение. Маро была самой привлекательной из их компании, у неё легче всех завязывались отношения, но замуж её никто не звал. Сколько раз она с напыщенно опытным видом предсказывала

Харе́, что уж от такого, как Ренос, ждать ничего не придётся — мол, пустая трата времени. Все признаки нарциссизма и потенциального вечного холостяка. Ах, что за удовольствие было продемонстрировать ей кольцо с бриллиантом, которое Ренос подарил ей на их помолвку! Ниови, которая уже несколько лет встречалась со скромным тихим школьным учителем, нахмурилась, видимо, задумавшись о своих собственных личных делах. И только Элени, несмотря на то что она была единственной, кто ещё вообще никогда не был в отношениях, казалось, искренне обрадовалась за неё.

Спускаясь в лобби, Хара́ заметила мужа, сидящего за одним столиком с тощим голландцем. Любитель Античности, узнав, что молодая пара — греки, при каждом удобном случае норовил завязать беседу. Вот и сейчас до Хары донеслись обрывки их разговора:

— ...Но всё же рождение и смерть — начало и конец человеческой жизни — находилось во власти Мойр, а не Тихе! — с энтузиазмом доказывал голландец своему собеседнику. — Вот и в переводе с древнегреческого «Мойра» означает «участь» — та самая участь или судьба, которую смертный получал при рождении.

Ренос молча кивал головой и, казалось, даже не собирался спорить с одержимым эллинизмом голландцем. Тот, ничего не замечая, продолжал свой монолог:

— Хотя, впрочем, Тихе тоже по праву считалась божеством случая и судьбы. Но, скорее, переменчивости счастливого случая и непостоянства судьбы! Ведь недаром её древнеримский аналог — это богиня Фортуна с её колесом. Adversa fortuna[7]! Fortunae filius[8]! А Мойры, о!

---

[7] Злой рок (*лат.*).
[8] Сын Фортуны (*лат.*).

Мойры определяли срок жизни человека и тот миг, когда к нему должна прийти смерть, не позволяя прожить дольше положенного жребием судьбы. Неумолимый рок! И потом, культ Тихе был распространён лишь с V века до нашей эры, а вера в Мойр гораздо древнее: они упоминались ещё у Гомера и Гесиода! Клото пряла нить жизни и передавала её Лахесис, которая определяла судьбу со всеми её превратностями, а неумолимая Атропос перерезала эту нить...

Харá с улыбкой заметила, что Ренос нетерпеливо посмотрел на наручные часы, явно ожидая её появления. Она ускорила шаг, и при виде неё он радостно встал, очевидно, сильно заскучав от разговора своего собеседника. Прерванный голландец ничуть не обиделся и тоже с радостным возгласом поприветствовал её.

— Моя дорогая Харá! С добрым утром! Я только сегодня удосужился посмотреть в словаре значение вашего имени[9]! Великолепно, великолепно! Вам страшно повезло быть наречённой таким значимым и символическим именем! Благодарение вашим родителям, ведь имена несут определённую энергетику! Кто называется «радостью», непременно должен радоваться жизни и радовать других!

Харá мило улыбнулась на редкость эмоциональному голландцу. Ему бы в действительности родиться греком с таким темпераментом! Харá и сама любила общество и никогда, в сущности, не уставала от сколько бы то ни было длительного общения, могла разговаривать до бесконечности, но... не про Древнюю Грецию же! Она не знала никого среди своих знакомых-киприотов, кого бы сегодня по-настоящему интересовало их прославленное историческое прошлое. За исключением разве что каких-нибудь

___

[9] Хара означает «радость» (*греч.*).

историков или археологов, коих в её компании никогда не водилось. Люди желали максимально получать удовольствие от сегодняшнего дня. Все, кто мог, стремились стать либо экономистами, либо юристами, особо не задумываясь ни о чём, кроме как о требованиях современного рынка.

Ренос тут же принялся поспешно прощаться, ссылаясь на то, что у них сегодня обширная программа.

— И что же у нас на сегодня запланировано? — захихикала ему на ухо Харá, отлично понимая, что это был всего лишь предлог, чтобы отвязаться от многословного эллиномана. Насколько она помнила, сегодня был первый день, когда Ренос абсолютно ничего не планировал.

— Я чуть было не сказал ему, что мы торопимся на парусную Хайнекен-регату, — рассмеялся Ренос, — но вовремя вспомнил, что гонки начнутся только на следующей неделе! А чем мы сегодня займёмся? Да, действительно, надо подумать... Надо подумать... Мм... Придумал! Дайвингом! Я слышал, что дайвинг в этом уголке Карибского моря считается просто невероятным!

— Дайвингом?.. — настороженно переспросила Харá. — Ты это серьёзно?

— Да, а почему нет? Ты же видела, какая прозрачная здесь вода. А коралловые рифы! Мне сегодня этот же голландец рассказал, что вокруг них несметное количество разных морских обитателей: есть и скаты, и морские коньки, и дельфины, и даже акулы...

— Акулы?! — взвизгнула Харá. — О, только не это! Дорогой мой Ренос! Я тебя просто умоляю! Забудь об этом дайвинге! Поверь, мне совершенно не хотелось бы вернуться с медового месяца вдовой!

— Ну подожди-подожди... — сконфуженно остановил её причитания Ренос. — С акулами я несколько переборщил… Но ты знаешь, здесь можно обнаружить останки затонувших пиратских кораблей!

— Ренос, любимый, послушай, в гавани Ларнаки есть затонувшая «Зенобия». Ну помнишь, её ещё называют «Титаником» Средиземноморья из-за размеров и из-за того, что она затонула в свой первый рейс? Так вот, как только мы вернёмся на Кипр, ты и осуществишь своё желание заняться дайвингом! У нас хоть акул нет… — последнюю фразу она пробормотала себе под нос, главным образом в своё собственное утешение.

— Дорогая, ну перестань…— попытался успокоить её Ренос. — Это же уникальная возможность посмотреть на богатый подводный мир тропического острова! Я же тоже не аквалангист… Но представляешь, как это запомнится!

— Нет уж! Я этим точно заниматься не буду! — решительно ответила Хара́ и добавила жалобным голосом: — Я боюсь… Понимаешь, боюсь… И за тебя тоже…

Несколько часов спустя Хара́ лежала на белом песке и время от времени намазывала себя кремом для загара. Сквозь тёмные очки она поглядывала на яхту, покачивающуюся в море в нескольких сотнях метров от берега. Для неё сегодняшний день был потерян. Ренос, пройдя вводный теоретический курс и совершив пробное погружение в бассейне, сейчас готовился к своему первому морскому подводному плаванию на шестиметровую глубину. Харе́ ничего не оставалось, как в одиночестве нежиться на солнышке. Время от времени она бросала взгляд то на часы, то на яхту, томясь от скуки.

Наконец она заметила, как от яхты отделилась шлюпка и стала быстро приближаться к берегу. «Хоть бы на ней оказался Ренос… — уныло подумала она. — Пусть бы он передумал нырять или, на худой конец, первым прошёл погружение и теперь возвращался бы обратно, чтобы не оставлять меня больше одну...» В шлюпке находилось, по крайней мере, два человека. Вскоре Хара́ рассмотрела и виднеющуюся голову третьего, который, по всей видимости, полулежал. Хара́ снова расположилась на песке и закрыла глаза. «Если там окажется Ренос, то пусть будет сюрприз, а если нет, то не будем лишний раз разочаровываться», — с нетерпением поджидая лодку, подумала она. Шум прибоя убаюкивал и расслаблял. Солнечные лучи проникали даже сквозь закрытые веки и тёмные очки. Жара утомляла и делала тело пассивным и ленивым. Ренос всё не шёл. Пытаясь подавить неподвластное контролю чувство разочарования, Хара́ снова опёрлась локтем о песок и повернула голову в сторону шлюпки, которая уже причалила к берегу. Один из мужчин, одетый в костюм дайвера, вышел на берег и возбуждённо с кем-то говорил по мобильному телефону. Второй склонился над третьим, всё ещё лежащим внутри. Хара́ настороженно встала, отряхнула песок и начала медленно подходить.

— Что случилось? — спросила она, приблизившись и заглядывая в лодку.

Спина второго дайвера закрывала человека, над которым он склонился.

Первый, в котором Хара́ сразу узнала инструктора по дайвингу, повернулся к ней и, закрыв телефон, быстро произнёс:

— Сейчас сюда приедут медики! Реносу стало нехорошо...

***

— Бедное дитя, — вздохнула Димитра, — хоть бы уже во сне отдохнула... А то вот ещё сон какой беспокойный. Стонать начала...

— Вот что не поела — плохо, — ответила ей полная пожилая женщина. — Совсем ослабнет... Сколько нам ещё тут мучиться?.. — она посмотрела на часы. — Слава богу, время подходит...

— Жаль будить девочку. А с другой стороны, если ж так стонет, значит, кошмары чудятся... Милая, милая, просыпайся, — тихонько позвала Димитра молодую женщину, голова которой свесилась во сне на подлокотник кресла.

В это время послышалось объявление о том, что пассажиры, летящие в Ларнаку, приглашаются пройти к соответствующему выходу.

— Дорогая, — обратилась к проснувшейся полная женщина, — нам пора... Пойдём потихонечку. Уже немного осталось: всего пара часов — и дома. Там уж приляжешь, отдохнёшь...

Все три женщины молча поднялись и побрели по направлению к обозначенному выходу на их рейс.

Вскоре они дружно разместились на трёх соседних сидениях в кабине самолёта. Молодая снова пристроилась у иллюминатора.

— Мне здесь удобнее, — тихо ответила она уставшим голосом на многочисленные заботливые причитания пожилых женщин. — Я всё равно вставать не буду. А где он?.. — вдруг спохватилась она, с беспокойством озираясь вокруг, словно ища кого-то взглядом. — Он с нами?

— Да-да-да! — тут же заверещали обе женщины сразу. — Он уже тоже в самолёте. Он летит с нами, с нами, не беспокойся...

Молодая женщина сразу как-то вся обмякла. Она вытащила из сумочки бутылочку с пилюлями.

— Подожди, дорогая, — категорически заявила полная пожилая женщина, — тебе обязательно надо поесть!

— Мне не хочется... — последовал вялый ответ.

— Надо, надо! Я вот тебе тут прихватила... — и полная пожилая женщина стала поспешно доставать из сумки йогурты и круассаны. — Еда в самолёте, конечно, вряд ли вызовет у тебя аппетит... А вот тут всё же перекусить, чтоб силы были... Уже дома я тебе приготовлю всё твоё самое любимое: курочку, запечённую с сыром, трахану...

Молодая женщина безразлично поковыряла ложкой в йогурте и откусила кусочек круассана.

— Не хочется... — снова повторила она. — Принесите мне, пожалуйста, воды.

Не успел самолёт набрать высоту, как молодая женщина снова спала. Её чёрные волосы спутанными прядями закрывали пол-лица. Под глазами залегли большие тёмные круги, словно от бессонных ночей. Время от времени она вздрагивала во сне и что-то бессвязно шептала, иногда переходя на голос.

— Ах, боже мой! — запереживала Димитра. — Только заснула — снова стонать начала... Может, не надо было нам позволять ей столько спать? Может, ей только хуже от этого?

— А может, она, бедняжка, там совсем не спала. Смотри, какие круги под глазами... Да и что мы могли сделать? — покачала головой полная женщина. — Значит, организм требует.

— Да какой организм! Она же только что три штуки этой гадости выпила! А до этого сколько! Вон! Полпузырька пусто!

— Да... Как только прилетим, её надо будет доктору Феофанидису показать, — вздохнула её собеседница.

Обе женщины замолчали, печально глядя на уснувшую.

— Мойры, Мойры… — вдруг отчётливо разобрали они среди потока бессвязных слов, доносящихся от спящей.

***

Хара́ в растерянности смотрела на двух мужчин в лодке. Только сейчас она поняла, что лежащий и есть Ренос.

— Как… как это произошло? Ренос! Что с тобой, дорогой? — она бросилась к мужу. Второй мужчина отстранился.

Ренос, будучи ещё в костюме дайвера, полулежал. Одной рукой он держался за сердце. Несмотря на жару, он был сильно бледен, и по его лицу струился холодный пот.

— Дорогая, только не беспокойся… — с видимым усилием произнёс он. — Меня просто немного подташнивает, и кружится голова…

— А сердце! Что с сердцем?.. — взволнованно заговорила Хара́ сбивчивым голосом, нервно гладя его по руке.

— Да ничего… Не сердце это… Просто грудь как-то сжимает… — Ренос попытался вымученно улыбнуться.

— Пропустите, пожалуйста! — послышался сзади компетентный голос.

Хара́ обернулась и увидела двух мужчин в халатах, с чемоданчиками в руках.

Она быстро отошла, судорожно сжимая руки и не находя себе места. Один из них ловким движением распахнул чемоданчик и быстро выудил тонометр и фонендоскоп. Проверив пульс, давление и сделав что-то ещё, он дал какие-то указания второму мужчине. Вместе они аккуратно подхватили Реноса и перенесли на стоящие рядом носилки, которые Хара́ заметила только сейчас.

— Куда вы его? — крикнула она в удаляющиеся спины людей.

Бросившись было за ними, она скоро сообразила, в каком была виде, и метнулась назад, к лежаку с вещами, чтобы накинуть на бикини лёгкую накидку и схватить сумку.

Вместе с носилками Реноса погрузили в машину скорой помощи.

— Кто вы ему будете? — спросил один из парамедиков, пропуская её вовнутрь. Второй в это время пристраивал Реносу кислородную маску.

— Ж-жена... — дрожащим голосом ответила Хара́. — Что с ним? Это серьёзно?

Машина тронулась и, надрываясь сиреной, помчалась по шоссе в сторону Филипсбурга.

— Прежде чем говорить, нужно сделать необходимые обследования. Как часто он занимается дайвингом?

— А?.. Дайвингом? Нет-нет! Он не... Это, кажется, первый раз!

— Когда вы прилетели на остров?

— Неделю назад.

— А вчера-позавчера поднимались в воздух для коротких перелётов на соседние острова?

Хара́ отрицательно замотала головой.

— У него с сердцем были проблемы?

— С сердцем?.. — Хара́ с трудом собиралась с мыслями. — Кажется, нет...

«А может, да?» — тут же со страхом подумала она. Сколько всего они ещё, возможно, не знают друг о друге! «Мы только месяц назад поженились!» — хотелось крикнуть ей в своё оправдание, но тут же другой внутренний голос осадил её. А до этого?.. Три года отношений до этого... «Но мы же не жили вместе!.. Просто встречались... Хорошо проводили время... Просто...»

— Не знаю! Не знаю! — отчаянно выкрикнула она, прерывая поток терзающих мыслей. — Но всё же будет хорошо? Вы сможете ему помочь?..

Машина подъехала к больнице. Носилки с Реносом ловко подхватили и понесли в здание. Хара́ чуть успевала за ними по петляющим переходам. Наконец его внесли в один из кабинетов, где, как видела Хара́ сквозь полураскрытую дверь, тут же принялись накладывать на грудь электроды, чтобы сделать электрокардиограмму.

— Вы его сопровождающая? — к Харе́ вышла медсестра. — Пройдёмте со мной, пожалуйста. Сообщите нам его данные.

Хара́ глубоко вдохнула и выдохнула. Всё. Мы в больнице. Сейчас ему помогут. Механически отвечая на вопросы медсестры, Хара́ краем глаза видела, как возле Реноса собралась уже группа врачей. Один из ассистентов, поговорив по телефону, что-то сообщил всем остальным. Получив новые указания, он принялся вновь набирать номер телефона. В это время над Реносом произвели какие-то манипуляции, что-то вкололи и подсоединили капельницу. В следующее мгновение носилки Реноса снова подхватили и стремительно куда-то понесли. Бегущая рядом медсестра поддерживала капельницу в вертикальном положении. Хара́ сорвалась за ними.

Через пару минут они вновь оказались на улице, и носилки с Реносом начали запихивать в ту же самую машину скорой помощи.

— Что происходит? — беспомощно спросила она, чуть успевая запрыгнуть в перевозочную. — Я ничего не понимаю... Куда мы опять едем?..

На этот раз вместе с ней находился новый незнакомый доктор и молоденькая медсестра. Врач оглянулся на неё и быстро стал объяснять:

— К сожалению, наш транспорт, который используется для перевозок по воздуху, несколько дней назад находился в неисправном состоянии, и сегодня также не смог взлететь из-за технических неполадок. Мы вынуждены ехать в госпиталь Шарля де Голля. Это на французской стороне острова. Вы не волнуйтесь, пожалуйста, всё под контролем. Мы уже созвонились с ними, и самолёт готовят к перелёту.

— Подождите-подождите! Какой самолёт? К какому перелёту? Мы что, куда-то ещё полетим?!— голова шла кругом, и Харе́ уже казалось, что это всего лишь дурной сон.

— Понимаете, сразу мы думали, что это, возможно, декомпрессионная болезнь, а свои собственные барокамеры у нас есть... Но, по-видимому, у вашего мужа сердечный приступ. У нас соглашение с Пуэрто-Рико: в экстренных случаях мы эвакуируем пациентов по воздуху в их современный кардиологический центр. Не беспокойтесь, там ему будет незамедлительно оказана вся необходимая высококвалифицированная медицинская помощь.

— О боже! — выдохнула Хара́. — А что ж, здесь... — начала было она, но спохватилась, поняв, что критика местной медицины ей сейчас абсолютно не поможет. Вместо этого она удручённо спросила:

— Где это? Далеко отсюда?

— Да нет, что вы! Это на соседних Антильских островах! Да перестаньте вы так волноваться! Всё будет хорошо! — вмешалась в разговор медсестра, с сочувствием глядя на Хару́ и пытаясь её подбодрить.

Хара́ замолчала и, не отрывая взгляда от Реноса, начала молча беззвучно повторять: «Всё будет хорошо! Всё будет хорошо!»

Время, казалось, тянулось вечно. Машина ехала и ехала по бесконечному шоссе, петляя по горным дорогам и сворачивая на бесчисленных поворотах. Внезапно маленький Синт-Мартен, уже, казалось, изъезженный вдоль и поперёк, показался Харе́ просто необъятным. «Скорее! Скорее!» — мысленно подгоняла она водителя, впиваясь ему глазами в затылок.

Машина въехала в городок Маригот и вскоре зарулила к зданию, на котором, используя небольшие оставшиеся школьные знания французского языка, Хара́ разобрала слова Hôpital Charles de Gaulle. Машина, не останавливаясь, обогнула здание и понеслась дальше.

— Как… Что… — занервничала снова Хара́.

— Всё в порядке! Мы едем сразу к взлётной полосе, — успокоила её медсестра.

Приближаясь к месту назначения, Хара́ увидела одиноко стоявший миниатюрный самолётик. Его хрупкая структура не внушала особого доверия. К тому же он был явно рассчитан не более чем на пару-другую пассажиров. Рядом находился пилот. Он обхаживал самолёт, делая последние приготовления ко взлёту. Перевозочная притормозила в максимальной близости от него. Пилот подбежал, чтобы помочь погрузить носилки в кабину летательного аппарата. Разместив больного, он ещё несколько минут поговорил с доктором, который показывал ему какие-то документы. Хара́ стояла рядом и терпеливо ждала, когда её позовут занять своё место в самолётике. Наконец доктор повернулся к ней:

— Здесь, к сожалению, вам придётся довериться нам. Лететь вы с нами не можете, но всю необходимую информацию о состоянии супруга будете получать через медицинский центр Кэй-Хилл. А сейчас вы можете вернуться на голландскую часть острова вместе с нашим водителем. Вам совершенно не стоит больше беспокоиться о муже.

— Как?.. — только и выговорила ошарашенная Харá.

Она беспомощно оглянулась на машину скорой помощи. Водитель уже устраивался за рулём. Она снова повернулась к доктору, собираясь сказать ему что-то ещё, но тот уже был внутри самолёта, так же как и пилот. Харá готова была расплакаться. «Как же они могут увозить Реноса без меня? Я же жена ему!» — хотелось закричать ей. Водитель нетерпеливо посигналил и крикнул, чтобы она поскорее садилась в машину, потому что они должны освободить взлётную полосу. Двигатель самолёта начинал громко рычать. Харá отрицательно покачала головой и вдруг пошла, не разбирая дороги, к виднеющемуся невдалеке морю. Всё произошедшее за последние несколько часов не укладывалось в её сознании. Ей внезапно захотелось побыть одной на берегу. Солёный ветер ласкал разгорячённое лицо. Харá лихорадочно пыталась привести в порядок свои мысли. Только шум прибоя мог её сейчас успокоить...

***

— Аккуратно, дорогая, держись за меня!

Димитра поддержала за талию девушку, которая качнулась, выходя из машины, словно была не в силах удержаться на ногах.

— Вот мы и дома! — преувеличенно бодрым голосом добавила вторая пожилая женщина. — Сейчас поешь, отдохнёшь...

— А Ренос где? — вдруг почти выкрикнула молодая, испуганно глядя на обеих.

— Тише, тише, тише... — успокоительно зашикали они на неё. — Он позже приедет, позже... Тебе сейчас отдохнуть надо... Его тоже сюда привезут.

— Когда? Когда его привезут?..

— Позже, позже…

Они заботливо обхватили девушку с двух сторон и повели в подъезд.

— Мне надо на свежий воздух, — сказала молодая девушка, как только очутилась в квартире.

— Пойди, пойди пока на балкон, а я тебе еду приготовлю, — засуетилась полная женщина. — Побудь с ней, — тихо сказала она Димитре.

Как только балконная стеклянная дверь отворилась, в комнату с моря ворвался солёный ветер. Вдыхая полной грудью, девушка сделала шаг и споткнулась о напольный порожек.

— Осторожнее, Харá, дорогая, — тотчас подхватила её Димитра и помогла выйти наружу.

Они стояли молча и глядели вдаль, на морскую синеву. Солнце уже клонилось к горизонту. В воздухе носились чайки. Время от времени небесную гладь разрезали пролетающие самолёты. Они проносились быстро и безлично, оставляя после себя воздушный след белого тумана, который постепенно превращался в иллюзорное видение, и унося с собой сотни человеческих историй, своими сложностями и переплетениями напоминающие запутанные прядильные нити, у которых есть своё начало и свой конец…

Внезапно Димитра заметила, как рядом с ней Харá заметно напряглась. Её руки с силой вцепились в балконный поручень. Через загорелую кожу видно было, как от напряжения побелели костяшки пальцев. Харá подалась вперёд и сосредоточенно к чему-то приглядывалась. Димитра проследила за её взглядом. Невдалеке показался небольшой аэроплан. Он плавно скользил в небесной выси, всё ниже и ниже спускаясь к воде. Затем он резко поднимался вверх, словно заигрывая и забавляясь. Харá будто тревожно чего-то ждала. Минут через десять аэроплан снова начал набирать высоту и постепенно удаляться с поля зрения.

Внизу послышался шум подъехавшего автомобиля. Обе женщины одновременно опустили голову вниз. У подъезда притормозил микроавтобус. Из него выскочили двое крепких ребят и проворно подскочили к багажным дверям. Распахнув их, они с усилием стали вытаскивать нечто тяжёлое. Изнутри им помогал третий человек. Харá беспокойно перевела взгляд на удаляющийся аэроплан. Затем снова вниз. Её тревога заметно нарастала. В подъезд заносили длинный прямоугольный ящик, по своим размерам и виду больше всего напоминающий цинковый гроб.

— Успокойся, милая, успокойся, — Димитра поспешила поддержать измученную Харý, — вот и Ренос приехал.

Харá отпустила поручень и, схватив одной рукой себя за голову, а другой словно пытаясь зажать себе рот, громко закричала:

— А-а-а! Он падает! Падает! Это... Это... неумолимость Мойр!

— Да нет же, нет! — беспомощно пыталась успокоить её Димитра. Теперь рука Хары указывала на чуть виднеющийся вдали улетающий аэроплан. — Он летит, милая, летит! — лепетала Димитра.

Она с трудом удерживала бьющуюся в истерике молодую женщину, которая в этот момент, по всей видимости, видела совсем другую реальность. С кухни уже торопилась на помощь её мать. Через минуту тело Хары обмякло на руках у плачущей Димитры. Девушка была в полуобморочном состоянии...

***

Харá стояла на берегу. Солёный ветер задувал прямиком в лёгкие, словно кислородная маска. Она жадно вдыхала его, стараясь успокоить сильно бьющееся сердце. Как же так случилось? Ещё сегодня утром всё казалось беззаботным и радостным. Рай, кругом рай! И они с Реносом были словно новоявленные Адам и Ева... Всё началось с этого чёртова дайвинга! Ах! Если бы ему вообще не приходила в голову эта идея!.. Но от судьбы не уйдёшь... Может, это всё равно бы произошло. Хоть он никогда и не жаловался на сердце. Что уж сейчас говорить!.. И все эти ужасные задержки... Неужели они были не в состоянии помочь ему прямо здесь, на острове?.. А этот невзлетевший самолёт... Столько времени потеряно, чтобы перевести его на французскую сторону... Но зато теперь всё обязательно будет хорошо. Ему помогут. Врач сказал, что волноваться не о чем. Всё под контролем. Вот сейчас он летит в сопровождении медицинского персонала...

Мысль застыла, оборвавшись на середине. Маленький самолёт, так и не успевший ещё набрать высоту, стал вдруг резко подпрыгивать и заваливаться на один бок. Вся поледенев, Харá следила за ним взглядом, не в силах больше думать ни о чем. Сделав очередной отчаянный рывок, самолётик начал камнем падать вниз по вертикали. Через несколько секунд он скрылся в морской пучине...

Ва-банк

Глава I

Дверь с шумом захлопнулась. «Как я всё это ненавижу!» — в сердцах подумала она, нервной походкой спускаясь по лестнице. За спиной раздавались крики и ругань родителей, а также плач младшего брата. Ольга поплотнее закуталась в лёгкую ветровку и вышла из подъезда под сентябрьский дождь.

Сверху на неё смотрело плачущее пасмурное небо. Ранним воскресным утром на улице почти не было людей. Ольга молча шла быстрым шагом, не зная куда, даже не стараясь вытирать поток злых слёз, которые вместе с каплями дождя текли у неё по лицу.

— Эй, — раздалось где-то сбоку, — девушка, вам не очень мокро?

Ольга повернулась в сторону голоса. На остановке, под навесом, стоял молодой симпатичный парень, весело улыбаясь ей и гостеприимно зазывая укрыться от дождя. Девушка несколько замедлила шаг, раздумывая. Но в следующую минуту, ещё больше нахмурившись, она продолжила свой путь, не обращая больше на парня никакого внимания. Тот в недоумении пожал плечами.

«Нет уж! Хватит с меня этих простых ребят из соседнего двора. Надоело. Я достойна лучшей жизни, а что такие мне могут дать?.. Годик романтической любви, а потом до скончания века — грязные носки, хроническая усталость и разборки из-за денег, — перед глазами сразу возникли ругающиеся родители. Права была Маринка, когда махнула в Москву. Только там я могу рассчитывать на то, чтобы выбраться из этого болота. Зря я не поехала с ней тогда. Струсила. Но ведь непонятно даже, где ночевать пришлось бы сразу по прибытии!»

Лучшая и единственная подруга Ольги Марина сразу по окончании школы уехала в столицу. Несмотря на полное отсутствие каких-либо определённых планов, родственников или хоть какого-нибудь ночлега, юная авантюристка была полна решимости завоевать Москву. Тогда-то их пути-дорожки и разошлись в разные стороны. Более осторожная и осмотрительная Ольга предпочла остаться под родительским крылом и на всякий случай окончить краткосрочные курсы секретаря-референта.

Летом их провинциальный городок казался милым, зелёным и приветливым. По вечерам Ольга ходила на местные дискотеки, время от времени завязывала знакомства с каким-нибудь парнем и пробовала на нём силу своих чар. Внешностью, к счастью, бог не обидел. Ольга была высокая, худощавая. Некоторую озабоченность внушало отсутствие пышного бюста, который, казалось, был сегодня незаменимым атрибутом любой девушки, жаждущей добиться успеха в жизни. Ольга маскировала этот недостаток, как могла, и в будущем была серьёзно настроена исправить это природное недоразумение с помощью хирурга. Черты лица её, хоть тоже не отличались идеальной красотою, в целом были достаточно привлекательными, чтобы посредством макияжа сделать их просто неотразимыми, в особенности при вечернем электрическом свете. А ещё она давным-давно подметила: не та девушка является красавицей в глазах парней, что действительно красива, а та, что ощущает себя таковой. Этот маленький секрет дал ей в руки весьма серьёзное оружие: уверенность в себе как в женщине, а также умение себя преподнести.

Но лето закончилось. Бывшие одноклассники поступили на учёбу — кто куда. Родители принялись гнать Ольгу на работу, мол, хватит уже на шее сидеть. Оле и самой уже до чёртиков хотелось иметь финансовую независимость. От родителей всё равно было не дождаться. Их склоки из-за денег продолжались с утра до вечера.

Дожди, туман, осенняя тоска охватили всё вокруг, овладевая душой девушки... И ещё это ужасное чувство одиночества. С отъездом Маринки она лишилась единственного человека, который был вылеплен из того же теста, что и она сама. Ольга, впрочем, не относилась к тому типу девчонок, что совершенно не могут обходиться без подружек, шагу не могут без них ступить и испытывают постоянную всепоглощающую необходимость поговорить о своём, о женском. Нет, в более весёлые времена она вполне хорошо себя чувствовала и без компаньонки.

Но сейчас разыскать подругу в Москве показалось ей единственным жизненным просветом. «А она, Маринка, рисковая оказалась! Взяла и махнула туда одна!»

Ольгу снова даже передёрнуло от неуютного чувства неизвестности. «И правильно сделала! — тут же одобрила она бывшую одноклассницу, желая тем самым как-то подбодрить себя. — Уже успела зацепиться там и думать забыла про всех нас». Её совсем не задевало, что единственная лучшая подруга с такой лёгкостью обходится без их дружбы и ни разу не позвонила. Какие тут обиды, когда нужно зубами и когтями прокладывать себе дорогу в жизни! Думать нужно в первую очередь о себе. Ольга на её месте поступила бы точно же так же.

В мыслях о школьной подруге она незаметно для себя подошла к многоэтажке, где жила Маринкина родня: бабушка и родная тётя с семьёй. Родители её спились и умерли ещё молодыми. Тётка — сестра матери — относилась к ней хуже некуда и всё предсказывала, что яблоко от яблони недалеко падает, то есть якобы Марина рано или поздно пойдёт по их стопам. Марина и вправду особой паинькой не росла, могла временами и похулиганить. Но было в ней что-то, что явно не позволило бы ей опуститься до уровня дворовой пьянчужки. У Марины были АМБИЦИИ. Она жаждала красивой жизни. Это-то и объединяло их с Ольгой. Бабушка же Марину просто обожала. Это единственное, что ей осталось от непутёвой дочери, и она своими заботами с лихвой восполняла отсутствие родительской любви для своей внучки.

Ольгу уже здорово колотило от озноба, и нужно было, поостыв от гнева, думать, где просушиться. Единственным выходом теперь было воспользоваться гостеприимством знакомых. Оля вприпрыжку поднялась на седьмой этаж, пытаясь хоть как-то согреться, и с надеждой нажала на кнопку звонка. Дверь открыла старенькая Маринина бабушка. Подслеповато сощурившись, она удивлённо прошамкала:

— Олюшка! Ты, что ли? А что ж такая вся мокрая? Не иначе как дождь на дворе идёт?

— Да, бабушка. Идёт. Очень большой дождь. А я зонт забыла. Мимо вашего дома проходила, дай, думаю, зайду. О Маринке спрошу. От неё никаких новостей не было? — затараторила в нетерпении Ольга.

— Как же не было! Да ты проходи, погрейся малёк. Она ж, голубушка моя, на днях и звонила! В магазине работает, да и комнату, говорит, сняла хорошую.

— А адрес, адрес она не оставляла? — возбуждённо перебила её Ольга.

— Адрес? Адрес — нет. Я ж к ней не соберусь поехать. Куда уж мне... Всё больше ждать буду, когда она надумает меня навестить. Может, следующим летом, сказала.

— А? Следующим летом?.. — разочарованно протянула Оля.

«Нет, до следующего лета я тут умру», — подумала она.

Но всё же ехать одной по-прежнему было страшно. Может, поступать надо было куда? Тогда б хоть какая-то зацепка появилась. Общежитие, наверное, дали бы. Но подруги ещё в последнем классе решили: нечего на учёбу тратить драгоценные годы. Ничего она им хорошего не даст. Сейчас деньги не учёбой зарабатывают, а другими способами. Да и поздно уже об этом думать. Не ждать же и вправду целый год!

Ольга сидела на тесной кухоньке, пила горячий чай и смотрела на мокрую улицу. Всё казалось таким же беспросветным, как и хмурое осеннее небо...

...Будучи чернее тучи, она вернулась домой. Тихонько открыла дверь своим ключом и проскользнула в комнату, которую она делила на двоих с младшим братом. Дома, как ни странно, никого не было. Ольга с облегчением быстро схватила сухие вещи и закрылась в ванной. Стоя под струями горячего душа, жизнь показалась как-то поприветливей. На минуту ей даже почудилось, что она тоже может в мгновение ока всё переменить и рвануть отсюда одна куда подальше. Она только начинает жить! Всё самое лучшее у неё ещё впереди!

В дверь ванной кто-то начал настойчиво колотить. Начинается... Видно, не будет ей сегодня покоя от опостылевших родственничков. Ольга нехотя закрыла воду, медленно растягивая время, вытерлась, оделась и уже собралась выйти, как поняла, что дверь не открывается. Это ещё что за новости! Может, Павлик балуется? Она поднажала сильнее, и дверь стала постепенно приотворяться, как будто толкая что-то тяжёлое. Открыв её настолько, что можно было просунуть голову, она увидела то самое, что подпирало дверь снаружи. На полу в какой-то неимоверной позе лежал её отец. Первый испуг прошёл, и Ольга с отвращением закрыла нос. Запах самогона распространялся по всей квартире. «Фу ты, чёрт! Опять напился! Ну, как мать вернётся, снова начнётся Ледовое побоище. Где только деньги взял?! С утра же орал, что она их у него все повытаскивала».

Ольгин отец, неплохой по натуре человек, с годами превратился в потерявшего себя пьянчужку. В советские времена он работал инженером на каком-то перворазрядном заводе и слыл незаменимым работником. Рождение дочери он отметил в год распада СССР, и с того же времени начались его мытарства. Ветер перемен своим бурным дыханием снёс все привычные устои и перепутал все жизненные ориентиры. Работать по квалификации он больше не мог, завод в мгновение ока обанкротился и был спущен с молотка. Николай Васильевич пытался подрабатывать, где только можно, чтобы прокормить семью. Он был ещё молод, силён, и какое-то не слишком продолжительное время в его голове витали мысли о том, что эти грандиозные перемены, что эта ломка общества откроют для таких, как он — трудолюбивых, энергичных и талантливых, — новые горизонты; что теперь не будет никакой уравниловки, и каждый сможет показать, на что он способен, и будет иметь то, чего он заслуживает. И уж тогда самые амбициозные мечты могут превратиться в реальность! Лентяи и недалёкие останутся в своём дерьме, а те, которые не боятся труда и задействуют свои мозги, по логике вещей, обязательно вылезут наверх. Новое веяние времени принесло новое понятие работы — «бизнес». Наступили времена «делать» этот самый «бизнес». Только вот как его делать, было не совсем понятно. Подобных навыков Николаю Васильевичу было взять неоткуда. Оглядываясь вокруг, он видел, что ещё недавно запрещённая спекуляция превращается в совершенно законный так называемый «деловой оборот». Это было настолько непривычно, как если бы наблюдать, что в стране вдруг легализировали проституцию. Открывались какие-то кооперативы, и открывали их не те самые трудолюбивые и талантливые, а кое-кто иной. Настоящим откровением для него стал следующий факт. Некоторые из его знакомых, что в советские времена с пеной у рта доказывали правильность пути в светлое коммунистическое будущее и лезли в партийные активисты, частенько лизоблюдничаем и пустой демагогией, вдруг оказались у дел и при «развивающемся капитализме». Бывшие «коммунары», как их презрительно называли тихо ненавидящие советскую власть, сменив комсомольские значки и партийные билеты на джинсы, успешно и стремительно превратились в «новых русских» с их кооперативными предприятиями. Была и ещё одна прослойка общества, которая выгодно использовала пришедшие перемены в своих интересах, но о них Николай Васильевич, к своему счастью, так никогда толком и не узнал. Просто иногда тихо удивлялся тому, что его бывший одноклассник и двоечник Костик Подгол так лихо расхаживает в малиновом пиджаке и прикатывает во двор на новеньких «Жигулях». Уж к категории трудолюбивых и талантливых его никогда нельзя было отнести. Хотя кто знает, думал Николай Васильевич, человек меняется, да и факт остаётся фактом: вечно грязный и хулиганистый Костик теперь жил на широкую ногу благодаря каким-то тайным своим достоинствам. Годы шли, разочарования росли горой, а молодость и энергия по каплям вытекали и оставались во вчерашнем дне.

Ольга ещё чуть поднажала и вылезла целиком из своей ловушки. Осторожно переступив через родителя, она отправилась в свою комнату, не желая ничего знать. «Пусть орут сколько влезет… Часа через пол, наверное, начнётся, когда мать с Павликом вернутся от тёти Любы, где они, судя по всему, целый день и находятся. А я воспользуюсь пока временным затишьем…» Моменты, когда дома никого не было, были самыми сладостными в жизни Ольги. Делить комнату напополам с младшим братом было просто невыносимо: ни парня не привести, ни самой голышом не походить. «Зачем они вообще решились на его рождение?..» — частенько думала она. Павлик был нежданным «сюрпризом», получившимся по «залёту» в самое неподходящее время. До его появления в их семье маленькая Оля, хоть и привыкшая уже к тягостному напряжению в доме, исходившего от постоянно хмурого отца и вечно недовольной матери, всё же умудрялась ещё получать какое-то внимание со стороны родителей. Каждый из них, втайне от другого вырывая деньги из бюджета, пытался порадовать её то конфетами, то зефиром, то какой-никакой игрушкой. Рождение второго ребёнка явилось той самой бомбой, которая разорвала накалённую атмосферу, и с той поры скандалы уже никогда не прекращались. Для Оли младший брат был воплощением всего ненужного и надоедливого. То после него приходилось по несколько раз в день убирать комнату, то он драл её школьные тетрадки с только что выполненным домашним заданием, то выворачивал клей на её немногочисленные платья, то несносно клянчил её внимание, заставляя играть с ним. Ни о каких тайных подарочках со стороны матери и отца не было уже и речи. Иногда ей казалось, что она просто ненавидит младшего брата. Недоумение решением родителей оставить второго ребёнка постепенно выросло у неё в целую жизненную философию. «Детей заводить совершенно незачем. Каждый должен жить для самого себя!» «Как же тогда будет осуществляться продолжение рода человеческого?» — смеялась от её слов Маринка. «Ну не все же такие умные, как я! — парировала Оля. — Вот эти остальные и будут размножаться, как кролики, и тратить свою жизнь на взращивание своего приплода. А меня это точно не коснётся!»

Ольга полистала немного фотоальбом со своими самыми удачными фотографиями, чтобы поднять себе немного настроение. Потом послушала музыку, помечтав о том, что, может, когда-нибудь и она будет стоять на сцене с микрофоном в руке в коротенькой сверкающей комбинации. Музыкального образования у неё не было; когда-то начав учиться играть на аккордеоне, она давно и прочно забросила сие занятие. Впрочем, это её ни капли не смущало. Сколько теперь тех смазливых длинноногих девиц, выступающих на эстраде! Главное, найти того, кто захочет тебя туда засунуть. А голос... Голос — это третичное!

Затем она отправилась на кухню в поисках чего-нибудь съестного. Подкрепившись, Ольга с удивлением поняла, что уже поздний вечер, а матери с Павликом все ещё нет. Вход в ванную комнату до сих пор был преграждён телом умиротворённо похрапывающего Николая Васильевича. «Может, всё же удастся избежать вечерних воплей... — пришла в голову мысль. — Интересно, получится ли дотянуть его до кровати?»

Ухватив отца за подмышки, она толчками принялась тащить его через весь коридор в родительскую спальню. Ольга была худа, но силы ей было не занимать. Недаром они с Маринкой были единственными девочками, принятыми в секцию карате. Тренер не очень жаловал слабый пол и давал испытательный срок каждой, желающей у него заниматься. Карате Ольга бросила через год, так как начала серьёзно опасаться, что в спаррингах ей отобьют и без того не слишком развитую грудь. Кроме того, мечты её стали постепенно смещаться с картинок, где она в своём маленьком городке умеет круто постоять за себя, на другие, более заманчивые. Она в вечернем платье выходит из дорогого «Мерседеса», а по пятам за ней следуют телохранители. Зачем учиться защищать себя, если тебя могут охранять другие?..

Похвалив себя за удачное завершение столь тяжёлого — в буквальном смысле — дела, она вытерла со лба испарину и спокойно отправилась спать. Вскоре послышался поворот ключа входной двери. Это вернулась мать с Павликом. Сквозь дремоту Ольга блаженно улыбнулась и почувствовала себя Отвратительницей гроз.

***

Проснулась она оттого, что что-то тяжёлое грохнулось на пол, а следом послышался истеричный крик матери:

— Где деньги брал, спрашиваю?!

Сквозь занавески в комнату проникал тусклый свет, и Ольга с облегчением подумала о том, что уже наступило утро. Мать сейчас будет вынуждена уйти на работу, и на этом всё на сегодня закончится. Восьмилетний Павлик сонно натягивал школьную форму, не обращая никакого внимания на привычные ему с детства крики родителей. Ольга, замычав, как от зубной боли, накрылась подушкой. В этих громких баталиях она и сама частенько принимала участие, особенно в последнее время. Но, даже если дело не касалось её, она никогда не испытывала ни малейшего желания принять чью-либо сторону. Оба они — и отец и мать — вызывали в ней чувство презрительной жалости. «Ты же девочка! Ты должна меня понимать!» — иногда сетовала мать, пытаясь найти у неё утешения. Но в ответ Ольга только хранила враждебное молчание. «Зачем рожала второго? Зачем не развелась с алкоголиком?» — мрачно думала она с осуждением. Спившийся отец тоже не вызывал у неё никаких тёплых эмоций. Иногда в её голове мелькали эпизоды из далёкого детства, и она с удивлением думала о том, что тот большой и сильный мужчина с угрюмым лицом из её воспоминаний, всегда с такой нежной трепетностью относившийся к ней, четырёхлетней капризуле, и есть этот опустившийся человек.

Старый, потрёпанный и никому не нужный семейный альбом давно пылился на антресолях. Когда в последний раз Ольга заглянула в него пару лет назад, её посетило крайне неприятное чувство какого-то всеобъемлющего обмана.

Молодое лицо её матери, всё ещё по-девичьи припухлое, с наивностью и жизнерадостностью глядело на неё со старой фотографии, не выказывая ни малейшего признака того недовольства и стервозности, которое теперь накрепко пропечаталось в её рано постаревших чертах. Вот они с отцом стоят, держась за руки. Вот он нежно обнимает её за плечи. Вот они, счастливые, вдвоём держат новорождённую дочку. Какая грандиозная ложь! Реальность не может быть столь двойственной! Те люди, которых знала Ольга, просто не могли быть одновременно и теми, что она видела на фотографиях. И дело тут не в пролетевших годах. Просто это другие люди, по сути своей другие! И если правда — это сегодняшний день, то всё то прошедшее было ни больше ни меньше как притворством, искажённой реальностью, иллюзорностью...

Ну вот наконец хлопнула входная дверь, и всё стихло. Ольга попыталась ещё раз провалиться в сладкую дрёму. Но и на этот раз её сон был бесцеремонно прерван. Школьный звонок, который в её сне навязчиво звал всех на урок, в реальности оказался телефонным звонком. Закутавшись в одеяло, Ольга потащилась в коридор. С трудом соображая, она долго пыталась приложить к уху трубку правильной стороной. Наконец-то ей это удалось, и она промычала сонным голосом что-то нечленораздельное, что предполагало приветствие.

— Ты что, ещё спишь? — услышала она в ответ знакомый весёлый голос. — А я так ещё не ложилась!

Сон как рукой сняло, и Ольга, боясь, что, не дай бог, отрубится связь, до того как она успеет спросить адрес, громко закричала:

— Маринка! Ты! Как здорово! А я вчера у твоей бабки была, хотела узнать, как тебя найти!

— Ну ты потише, а? То прислушиваться надо было, что там шелестит, а то как завопишь! Это, знаешь ли, стресс для меня после бессонной ночи!

— А чего бессонной-то?.. — безуспешно стараясь приглушить громкий от нежданной радости голос, весело выкрикнула Оля. — Или ты в круглосуточном устроилась?

— Чего? — не поняла её Марина.

— Ну в магазине круглосуточном, мне бабка твоя говорила, что ты там работаешь... — пояснила она.

В ответ раздалось захлёбывающееся квохтанье. Без понятия, чем же она так насмешила подругу, Ольга тоже в энтузиазме смеялась.

— Уф! Ну ладно, — отдышавшись, наконец сказала Марина, — я потому и звоню, что меня бабушка попросила. Я ей тут решила деньжат перевести, за ночную в «круглосуточном» хорошо заработала, так потому с утра и телефонировала. А она мне про тебя всё талдычила. Что, надумалась? Созрело яблочко! Когда приехать-то хочешь?

— Да хоть сейчас! — поторопилась с ответом Ольга, радуясь, что уже ничего не надо объяснять.

— Ну тогда давай короче, а то я спать хочу. Адрес записывай да приезжай на этой неделе, тут у нас на работе как раз место появилось, так я тебя сразу и пристрою, а то потом долго искать придётся.

Уже через минут десять Ольга в одних трусах и лифчике бегала, как вертолёт, по квартире, в возбуждении собирая вещи. Вот наконец и пригодился их семейный старый чемодан, последний раз использованный лет десять назад, когда они с родителями выбирались в отпуск на Чёрное море. Останавливались у родственницы в её однокомнатной квартирке. Семья тёти, состоявшая из четырёх человек, сама чудом ютившаяся в столь стеснённых условиях, с поистине великодушным гостеприимством приняла их. Родителям Оли каждый вечер стелили прямо на полу, а ей самой, выгодно используя её небольшой росточек, сдвигали два кресла вместе, сооружая, таким образом, очень уютную кроватку. Сны, которые снились ей тогда в её неполные восемь лет, она помнила до сих пор. Уж очень сладко ей спалось там, словно принцессе в маленькой колыбельке! Балконную дверь никогда не закрывали, и иногда, просыпаясь в ночи, она видела сквозь приоткрытые веки белеющую в темноте и раздувающуюся от лёгкого ветерка занавеску, сквозь которую светились огни с зубчатых пиков чёрных горных массивов. Чувство волшебства и всеобъемлющего счастья нежно окутывало всё её маленькое существо, и она в блаженстве закрывала глазки, зная, что утром её ждёт тёплое ласковое море и яркое солнце, а чернота гор превратится в необыкновенного оттенка изумруд.

Оторвавшись от воспоминаний, Оля тревожно посмотрела на часы. Нужно было ещё успеть найти деньги, чтобы купить билет на поезд. «Всё ещё будет! — твёрдо сказала она самой себе. — И море, и сказка…» Ольга была решительно настроена уехать сегодня же. Ни дня больше не оставаться в этом опостылевшем месте! В чемодан полетели все её немногочисленные пожитки. Закончив паковать вещи, она отправилась в родительскую спальню. Тщательно перерыв всё, что было можно, она разочарованно уселась на полу. Мать обычно прятала деньги в нижнем белье, отец — в коробке из-под бинокля, была ещё пара запасных тайников, но все они оказались пустыми. «Что же делать?..» — нервно думала она. Обратиться было совершенно не к кому. Взгляд её упал на шкатулку, виднеющуюся из-под кровати. В последние годы мать старалась спрятать от отца всё более-менее ценное, боясь, что тот начнёт выносить вещи из дома, как это делал спившийся муж её давней подруги Любы. Посомневавшись немного, Ольга полезла осматривать содержимое шкатулки. Из золота там было всего две-три вещи. «Матери они всё равно уже не понадобятся, — с максимализмом юности подумала она. — К тому же она давно говорила, что когда-нибудь мне их подарит». С этой оправдательной мыслью она выгребла из шкатулки маленькие серёжки с рубином, подаренные ещё бабушкой, обручальные кольца родителей, которые они оба давно уже не носили, и изящный, в виде слёзки, кулон на цепочке. Последнее украшение всегда казалось Оле самым красивым из всех имеющихся у матери. Уже находясь в ломбарде, она решила, что на билеты ей вполне должно хватить денег и от колец, и с удовольствием надела на шею цепочку. Любовно погладив кулон, она прошептала: «Ну, будешь моим талисманом...»

Глава 11

Железнодорожный вокзал в Москве встретил её сутолокой прохожих и неуютным ощущением того, что ты прибыл туда, где тебя никто не ждёт. После суток тряски в плацкартном вагоне Ольга стояла на перроне, жадно вдыхая сырой утренний воздух, совершенно не зная, в каком направлении идти. Вокруг неё проходило множество спешащих людей с сонными недружелюбными лицами, которые то и дело толкали её, словно мешающую куклу, даже не извиняясь. Вдруг кто-то зычно крикнул:

— Гэй, дарагая! Атайды в старонку!

Ольга обернулась на голос и увидела, как тележка, нагруженная чемоданами в три этажа, едет прямёхонько на неё. Чуть успев отскочить, она заметила только спину удаляющегося невысокого человечка, бойко толкающего вперёд свой груз. В полной растерянности она посмотрела направо, налево, безуспешно попыталась остановить прохожего, чтобы спросить, как пройти к выходу. Страх большого города полностью завладел её сознанием, и она с трудом заставила себя вспомнить, что адрес Маринки у неё всё-таки есть. После получасового кружения она вышла с вокзала и с перепугу чуть не уселась в такси, вовремя всё же сообразив, что денег-то у неё расплатиться, может, и не хватит. Зато пожилой водитель, посочувствовав приезжей девочке, наконец-то с толком разъяснил ей, где находится метро и как добраться по имеющемуся адресу.

Последним испытанием стало то, что дома Маринки не оказалось.

Вернее, так Оля думала первые четыре часа после того, как она безрезультатно позвонила в дверь указанной на бумажке квартиры. На улице было ветрено и холодно, идти было не куда, и девушка смиренно уселась на корточки у двери. Маринки всё не было, время шло, от усталости Ольгу стало клонить в сон. Вдруг на лестничную площадку вышла старушка с котом в руках.

— А ты чего тут сидишь? — как-то неодобрительно спросила она.

— Жду, — хмуро, но на всякий случай вежливо ответила Оля.

— Так они ж дома все, — снова неприязненно, но всезнающе сказала старушка. — Спят, небось, к утру ж только возвращаются. Да ты звони понастойчивее! — посоветовала она и закрыла дверь.

Оля неуверенно нажала на кнопку звонка. «Маразматичная какая-то! Ну ясно же: никого нет», — подумала она, снова съезжая по двери вниз на корточки. Эту мысль она додумывала уже в горизонтальном положении на спине, в котором оказалась в связи с тем, что дверь внезапно открылась, и Ольга неожиданно для самой себя ввалилась внутрь квартиры. Над ней возвышалась совершенно сонная и одетая в пижаму Марина, а также ещё две молодые особы под стать ей.

— Быстро ты прикатила! — хрипло спросонья произнесла она.

«Прикатила, да ещё и кубарем вкатила», — полусмущённо про себя добавила Ольга, вставая на ноги и с любопытством разглядывая новых Марининых подруг, с которыми ей, по всей видимости, предстояло жить вместе какое-то время. Те, впрочем, не проявляли к ней никакого интереса. Убедившись, что это не к ним, они молча разбрелись по своим комнатам. Комнат, надо сказать, было три, и Марина повела Ольгу в свою спальню.

— Ладно, ты пока располагайся, а я душ приму! — сказала она и удалилась в ванную. Оля устало опустилась на незаправленную кровать и осмотрелась вокруг. То тут, то там было разбросано нижнее бельё, и не просто бельё, а произведение искусства! Здесь было и тончайшее кружево белого цвета, отделанного лебяжьим пухом, и синий атлас с серебряной оторочкой, и просвечивающиеся чёрные и красные коротенькие накидки на бретельках, подвязывающиеся под грудью, имитируя корсет, и даже комплект из чёрной кожи, правда, наверное, ненастоящей. Одно боди фиолетового цвета состояло всё сплошь из тесёмок и явно не могло использоваться с какой-либо то малейшей пользой. «С каких это пор Марина стала так наряжаться? Она же на эти бюстгальтеры всю зарплату свою наверняка тратит!» Пока Ольга ошарашенно крутила в руках очередной предмет нижнего белья, в комнату вернулась Марина, закутанная в полотенце и с полотенцем же на волосах.

— Что, нравится? — со смехом спросила она. — Это наша рабочая форма!

— В магазине? — ужаснулась Ольга.

— Да в каком магазине, дурочка! Я что, приехала в Москву, чтобы в овощном работать?! Это я бабушке своей наплела, нужно же было что-то наврать! Да ты не бойся, — тут же добавила она, увидев, в каком направлении пошли мысли у школьной подруги, — я не это... не то, что ты подумала. Ну не совсем то... У нас очень даже приличное заведение, и с клиентами никто выходить не заставляет. Я и сама не хочу распыляться. Жду добычу покрупнее!

Ольга остолбенело смотрела на неё, с трудом переваривая полученную информацию.

— Да что ты как селёдка вяленая! — рассердилась Марина. — На стриптизе хорошие деньги зарабатываешь, опять же окружение что надо, одни «кошельки» приходят!

Оля, все ещё находясь в ступоре, смущённо спросила:

— И что, ты меня тоже туда хотела устроить?..

— А что? Не хочешь, королева такая?! — с жаром набросилась на неё Марина. — Ты же всегда завидовала этим певичкам и кричала, что с удовольствием бы сама на сцене попой крутила!

— Так я ж на сцене... В смысле петь... Да и в одежде...

— Сколько там на них той одежды! Мы тоже, между прочим, не сразу раздеваемся, — тут же с достоинством добавила она. — Короче, мы сейчас с девочками пойдём подкрепиться в кафешку, а потом сразу на работу. Ты тут пока обустраивайся, завтра поговорим. Да подумай хорошенько, свято место пусто не бывает! — бросила Марина уже перед выходом. — Не решишь до понедельника — другую возьмут, не столь щепетильную! А такого заработка нигде больше не найдёшь!

Оставшись одна, Ольга ещё раз устало огляделась и, чувствуя себя как-то потерянно, принялась распаковывать чемодан.

Глава III

— Ну давай! Не бойся! Покажи им, на что ты способна! — с напором зашипела ей на ухо Маринка, выталкивая её на середину небольшой полукруглой сцены.

Несмотря на то что было время обеда, в помещении царил полумрак, и было ощущение позднего вечера. Разноцветные лучи прожекторов не давали определить, в какие же цвета на самом деле выкрашены стены зала, а большой серебристый шар под потолком, медленно кружась, отбрасывал вокруг красивые узорные блики. Ольга принялась плавно покачиваться под доносящуюся расслабляющую музыку. Стараясь ни о чем не думать, она автоматически повторяла движения, которым накануне её обучала Марина. Подруга рьяно болела за то, чтобы устроить Ольге светлое будущее в виде карьеры стриптизёрши в их заведении. Для этого она нарядила её в своё самое лучшее и, по её мнению, самое сексуальное боди. Это было то самое, фиолетовое со стразами, всё на тесёмках. Оно оказалось с секретом. В нужный момент «лёгким движением руки оно превращалось»... Да ни во что оно, собственно, не превращалось, а просто бесшумно соскальзывало вниз, к ногам. И затем, как её обучила Маринка, эффектно отбрасывалось прочь носком блестящей босоножки на двенадцатисантиметровом каблуке в дополнение к платформе.

Ольга старательно обхаживала шест, максимально виляя бёдрами и время от времени съезжала вниз на корточки, правда, с трудом потом подымаясь в вертикальное положение и при этом с ужасом думая о предстоящей манипуляции с боди.

Из зала на неё смотрели две пары глаз (не считая Маринкиных из-за кулис). Хозяином заведения был худющий молодой человек, вертлявый и с замашками ломаки. «Да, голубой-голубой! — быстро разъяснила Маринка после их знакомства. — Мы его Лёлей называем, ему нравится, а так он Леонид Петрович. С ним, главное, всё время сюсюкаться, а то он нервничает легко. И всё будет в порядке». Зато второй экзаменатор был и того занятнее. Ольга долго пялилась на большие холёные руки с кроваво-красным маникюром, на пышный бюст в глубоком декольте, на выразительно красивые, в ярком профессиональном макияже, но несколько крупные черты лица с тяжеловатой челюстью, на чёрные, цвета вороного крыла, шикарные длинные волосы. Женщина, которой принадлежали все эти достоинства, вызывала одновременно и жгучий интерес, перемешанный с восторгом, и сковывающее чувство некой противоестественности. «Так вот она какая, женщины-вамп! — подумала про себя Ольга. — Сразу видно: хищница! Волевая натура, даже по подбородку заметно. Но при этом всё направлено на сексуальность: и макияж вызывающий, и все прелести напоказ. Вот такие мужиков своим пылом-жаром одурманивают, а потом, как собачонок, водят на поводке!» Сейчас, правда, Ольга чувствовала себя той самой собачонкой, пытаясь пройти экзаменовку у этой всесильной матроны. Маринка объяснила, что всё зависит именно от неё. У Клеопатры, как она себя называла, настоящий нюх, на кого мужики валом повалят. Хозяин ей в этом полностью доверяет. Она у него как правая рука. А сама танцует только иногда и то всегда в «привате», поэтому-то её никто никогда голой не видел. Это называется «полный эксклюзив».

Спохватившись, что уже, должно быть, прошла половина песни, Ольга несколько дёргано начала нащупывать волшебный замочек и не заметила, как Клеопатра быстро встала и подошла к стене. В тот же миг, когда она максимально «эффектно» отбрасывала в сторону нехитрое своё одеяние, в зале вдруг ярко вспыхнул электрический свет, и ничего не соображающая девушка в какой-то неловкой позе застыла на месте, медленно заливаясь краской и осознавая, что нелепость её ситуации может сравниться разве что с анекдотом, в котором голых тёток застают в бане чужие мужики.

— Продолжай, деточка!.. — низким с хрипотцой голосом велела ей Клеопатра.

Она цинично сверлила её взглядом своих чёрных глаз. Возникла неловкая пауза, во время которой Лёля нервно заёрзал на стуле.

— Свободна! — как приговор вынесла Клеопатра.

Ольга опрометью бросилась со сцены. Вслед ей донеслась сразу же возникшая перепалка. Один голос высоким нервозным фальцетом утверждал, что ему всё вполне понравилось, на что другой голос низким баском непоколебимо ответил:

— Конечно, понравилась. Она же как мальчик: плоская и бёдра узкие. Только ты сейчас о собственных пристрастиях думаешь или о доходах заведения?

За кулисами её ждала злющая Маринка.

— Вот сволочь какая! — в сердцах повторяла она снова и снова, уводя подругу в гримёрку. — Вот козёл, трансвестит несчастный!

— Ты же говорила, что он голубой! — стуча зубами от холода и пережитого стресса, вставила Ольга.

— Да ну тебя! — отмахнулась Марина от неуместного замечания. — Я же не про Лёлю! Он-то тебя бы взял. Это всё эта переделка недоделанная. Четыре года назад, говорят, ещё охранником у нас работал да на операцию деньги копил. А теперь вон сделался вершителем судеб и эталоном женской обольстительности!

— Так Клеопатра — трансвестит?! — будучи вне себя от ошарашивающей новости, завопила Ольга.

— Да тише ты! Это её самое больное место. Услышит — и меня с тобой погонит поганой метлой! Пошли уже отсюда.

Глава IV

Андрей поспешно раскладывал бумаги по папкам. Всё должно было быть в порядке для предстоящей утренней встречи. Дела шли блестяще, и его фирма, занимающаяся разработками по эксклюзивному дизайну и производством вещей интерьера, набирала обороты. Контракты заключались один за другим, и Андрей даже не сомневался, что и завтра все опять пройдёт хорошо. Но при этом он никогда не позволял себе расслабиться и относиться к работе с небрежностью. Он прекрасно осознавал свою редкую везучесть, ценил благосклонность судьбы и умел быть благодарным. В ответ он платил трудолюбием, серьёзностью, ответственностью и добрым отношением к другим людям... Так научили его родители, так он шёл по жизни.

А самым большим подарком судьбы он считал её. Веру, Верочку... Саму нежность и женственность. И сейчас он торопился закончить все дела, чтобы бежать домой, где ждала его она. Только это лишь и омрачало радость

Андрея: чем больше расцветал его бизнес, тем меньше времени оставалось у него для неё. Но, как бы часто ему ни приходилось задерживаться, жена всегда встречала его тихой радостью в глазах и никогда не позволяла себе упрёки даже в шутку. Она была его ангелом-хранителем, его неземной любовью. И, хотя он знал её бóльшую половину своей жизни (она была дочкой лучшей подруги его матери, соседкой по парте и партнёром по бальным танцам), осознание того, что именно она — любовь всей его жизни, пришло только после поступления в университет. «Мама, — в шутку жаловался он матери, — ты не представляешь, как я скучаю по Вере! Может, нам всё же следовало поступать на один факультет? А то я её теперь совсем не вижу». В ответ мать снисходительно улыбалась и говорила: «Успеете ещё! У вас вся жизнь впереди!»

Родители опасались, что они поженятся, не окончив института, а там, долго ли, и ребёночек появится. Этого не случилось, как не случилось детей и после свадьбы. Оказалось, что из-за порока сердца Вере нельзя рожать. Впрочем, не только стеноз устья лёгочной артерии был тому причиной. Хрупкая, тонкая, узкобёдрая девушка, казалось, была совсем не приспособлена самой природой к тому, чтобы вынашивать детей, корчиться в родовых муках и нести всю тяжесть материнства. Она, такая воздушная и эфемерная, словно была создана только для того, чтобы стать чьей-то музой. Светло-пепельные волосы, синева огромных глаз, бледность лица, часто переходящая в лёгкий цианоз. Платья пастельных цветов ещё больше подчёркивали её хрупкость и прозрачность...

Поначалу отсутствие детей нисколько не печалило Андрея, но сейчас, закрывая свои тридцать пять, он всё чаще с доброй грустью оглядывался на малышей, играющих в песочнице около их подъезда.

Дверь тихонько приоткрылась, и в неё просунулась голова озабоченной Лидии Михайловны. Она многозначительно указала на часы на руке и заискивающе сказала:

— Ну я пойду, Андрюш, или тебе ещё что-нибудь будет надо?

Андрей оглянулся на кипу бумаг, приготовленных им для ксерокопирования, затем бросил быстрый взгляд на часы.

— Идите, Лидия Михайловна, идите! Вам ещё за вашими шалунами в сад надо!

Пожилая женщина облегчённо засмеялась и с радостью подхватила:

— Да, а то они так переживают, когда мы их последними из группы забираем!

Дверь захлопнулась, послышался шум удаляющихся шагов, и Андрей обречённо уставился на горку документов. Этот вопрос нужно было как-то решать. Работы становилось всё больше, и секретарша ему была необходима практически двадцать четыре часа в сутки. Но уволить Лидию Михайловну он никогда не решился бы. Называя её по имени-отчеству, он иногда посмеивался над реакцией клиентов, когда они видели столь странную субординацию: в ответ секретарша называла своего директора уменьшительно-ласкательным именем. Видимо, думал Андрей, это она по старой привычке: всё же была его учительницей в начальных классах. Но менять эту традицию он совсем пс собирался, что-то трогательное было в этом, что-то, что навевало ему беззаботность тех далёких дней.

— Прости, дорогая! — шептал он два часа спустя, уткнувшись лицом в копну светлых волос. — Нужно было всё подготовить к завтрашней встрече, а Лидия Михайловна спешила. Вот пришлось самому...

— Бедняжка, ты так устал… — Вера гладила его лицо одной рукой, другой обнимая за шею. — Хочешь, я налью тебе твоего любимого коньяка?.. А ещё я приготовила тебе сегодня твои любимые каннеллони. Вот только мой бешамель, как всегда, не слишком удался…

— Конечно же, удался! Тебе всё всегда прекрасно удаётся! — засмеялся Андрей, хватая её, как пушинку, на руки и кружа по всей комнате. Вера тихонько смеялась, ловя ртом воздух. Нежная, бледная кожа лица её в какой-то момент стала покрываться лёгкой голубизной. Андрей резко остановился и, нахмурив брови, обеспокоенно сказал:

— Дорогая, всё хорошо?

— Да, — с лёгкой одышкой ответила молодая женщина, — мне нравится…

— Нравится ей, — с укором произнёс он, — а сказать: «Перестань меня трясти, глупый осел», — когда тебе плохо становится, ты не можешь?

И Андрей крепко прижал её к себе.

Глава V

Тянуть больше было нельзя. Лидия Михайловна слишком очевидно не справлялась со всё более возрастающей работой, но оставаться после пяти категорически не могла ввиду своих любимых внуков. «Пожилая уже, — с пониманием думал Андрей, — тут и молоденькая не будет успевать. А возьму-ка я ей помощницу! — пришла в голову удачная идея. — Скажу: я вас, мол, в должности повышаю, будете всё контролировать, да и домой пораньше уходить сможете. На такое она точно не должна обидеться».

Лидия Михайловна настороженно подняла брови.

— Андрюш, ну ты, может, тогда сам уж проводи интервью, всё же тебе она секретаршею будет!

По её лицу было понятно, что возникшее недоумение в любой момент грозит смениться на обречённое выражение отслужившей службу старой собаки, невыносимое для чувств Андрея.

— Ну уж нет, — поспешил он её уверить, — она же под вашим надзором будет, главное, чтобы вы с ней сработались. А у меня, сами знаете, на интервью совсем времени нет!

Набирая в штат других работников, Андрей каждый раз обязательно лично проводил строгое собеседование. Поэтому и команда у него была слаженная, большинство работало по много лет. Но на этот раз дело было слишком деликатное. Кого бы ни отобрал Андрей, это бы непременно прозвучало сигналом для Лидии Михайловны, что её хотят заменить.

— Вот завтра же разместите объявления и сделайте всё, что полагается! — весело, но безоговорочно сказал он.

Лидия Михайловна, впрочем, довольно быстро вошла во вкус и в течение недели принимала по несколько человек в день.

— Ох, Андрюш, ну и тяжёлую же ты мне задал задачу, — преувеличенно расстроенно жаловалась она, — одна десять работ уже поменяла — видно, неуживчивая будет в коллективе; другая два года назад в последний раз где-либо числилась. Спрашиваю, может, в декретном была — нет, говорит. Так что ж, нигде не работала? Необходимости не было, отвечает. Во как! Молодёжь пошла.

— Ну так что ж, Лидия Михайловна, так за неделю никого и не выбрали? Время идёт. Нам бы побыстрее надо.

— Две мне показались неплохими кандидатурами, — неуверенно ответила она, — простые девушки, скромные. Правда, обе приезжие, молоденькие и без опыта. Курсы секретарей-референтов только окончили. Но я тебе так скажу, Андрюша, провинциалки — они и более трудолюбивые, и менее избалованные, чем наши московские барышни! — села на своего любимого конька Лидия Михайловна.

— Ну да, ну да... — уже без особого интереса пробормотал Андрей, снова углубляясь в расчётные бумаги. — Вы побыстрее всё же определяйтесь, Лидия Михайловна!

Через три дня Лидия Михайловна, довольная и вдохновлённая тем, что снова вошла в свою привычную роль наставницы, обучала новую сотрудницу. Высокая стройная брюнетка, скромно одетая и не слишком разговорчивая, ходила следом за ней с непроницаемым выражением лица. Чувствуя себя как рыба в воде, Лидия Михайловна, словно малому дитю, растолковывала ей по полчаса самые простые вещи, и Андрей уже горестно думал о том, что в ближайшие дни, пока всё не встанет на круги своя, ему вообще придётся туго. Как всегда, ровно в пять пожилая секретарша заглянула в его кабинет, на этот раз уже не с виноватым выражением лица, а, скорее, с триумфальным. Торжественным голосом она объявила:

— Андрюш, я убегаю, но всё, что тебе надо, сделает Оленька. Она, бедняжка, в Москве совсем одна, так что ей пока торопиться некуда. Всю основную работу я ей уже объяснила!

Андрей с улыбкой кивнул и облегчённо вздохнул. Сквозь стеклянную стену кабинета он видел, как новенькая секретарша напряжённо вглядывается в экран компьютера. «Кажется, ответственная, — подумал Андрей. —

Надеюсь, Лидия Михайловна всё же разбирается в людях». Он закончил сортировать документы, и, взяв по пачке в каждую руку, выглянул из кабинета. Девушка испуганно вздрогнула и уставилась на него.

— Ольга, — деловым, но дружелюбным тоном произнёс он, — вот эти документы, пожалуйста, уничтожьте в шредере, а эти раскопируйте в двух экземплярах и принесите мне.

Девушка быстро подошла и, не глядя ему в лицо, взяла бумаги. Тёмно-каштановые волосы по плечи качнулись вперёд и наполовину закрыли её миловидное лицо. «Отлично, как и сказала Лидия Михайловна, скромная провинциалочка!»

Выезжая с парковки, Андрей увидел, как новенькая заворачивает за угол в сторону ближайшей станции метро.

Глава VI

— Ну и куда ты съезжаешь, дурочка? Разве нам плохо с тобой здесь? Это же просто идеально: ты весь день работаешь и спать мне не мешаешь, а я тебе на ночь кровать освобождаю. Посменное сосуществование, так сказать! — засмеялась Марина. — А за отдельное жильё тебе всю твою зарплату — которая, кстати, у тебя курам на смех, — придётся отдавать. На что жить будешь, спрашиваю?

Подруги сидели в той самой комнате, в которую пару месяцев назад приехала к своей бывшей однокласснице Ольга. Кругом, как обычно, то тут, то там было разбросано шикарное нижнее бельё.

— Послушай, я же не всю жизнь собираюсь в таких условиях жить. Мне действовать пора, а у тебя тут в содоме и гоморре я связана по рукам и ногам. Мужчину привести не могу!

— Почемуй-то не можешь?! — искренне удивилась Марина. — Все же приводят, и ты приводи!

— Вот именно — «все приводят!» — передразнила её Ольга. — ЕГО я сюда привести не могу. Да ты не представляешь, какой он правильный! Интеллигент! Щепетильный, всё по правилам этикета! — то ли с издёвкой, то ли с преувеличенным уважением сказала она.

— Это ты когой-то ЕГО приводить собралась? Уж не директора ли своего?

— Угу, — откликнулась Ольга, продолжая собирать вещи, — вот-вот...

— Так ты ж рассказывала, что он женат и предан, как собачонка, своей жене, ни на кого в офисе не смотрит даже! В том числе и на тебя!

— Всё правильно, так и есть! Только ведь Москва не сразу строилась, не смотрит — посмотрит. Главное, чтобы я к тому времени уже была готова и смогла бы воспользоваться хоть маломальским шансом.

— Да ну тебя, глупая! — снова принялась охать с материнскими нотками в голосе Марина. — Вечно себе трудности на голову ищешь. Посмотри, сколько мужиков вокруг! А тебе этот моногамный понадобился! Только время зря тратить будешь!

— Вот именно! — вдруг резко повернулась лицом к ней Ольга. В глазах её мелькнула циничная решительность. — Моногамный! Такой в приручённом виде — всё равно что слиток золота! Верен до гроба будет и всё к твоим ногам принесёт, благо и приносить есть ого-го чего. Не то что твой этот Владик, султан недоделанный!»

— Ну это ж я так, для телесных услад! — обиженно засопела Марина. — Что я, сама не знаю, что он кобель ещё тот! Я и не собираюсь его долго терпеть, сама же знаешь, ищу карту покрупнее! Но как ты своего директора-то приручать будешь? С чего ты вообще решила, что он на тебя клюнет?

Оля задумчиво присела на край стула.

— Ну-у... У меня тут есть кое-какой план. Видишь ли, его ненаглядная жёнушка не может иметь детей... — растягивая слова, ответила она. — А он, судя по всему, явно их иметь уже был бы не против. Внукам Лидии Михайловны всё подарки передаёт да интересуется, как они там... В общем, если на весах будет стоять либо его ребёнок, либо его жена, то большие шансы, что он выберет ребёнка!

— Ничего себе! — присвистнула Марина. — И это говорит та, которая поклялась никогда не рожать!

— Только если это для пользы дела... — промурлыкала, улыбаясь, Ольга.

— Ну а беременеть-то ты как без секса собралась? Хочешь повторить подвиг Аллы, завлёкшей в свою паутину Дэвида Бекхэма? Так она всё же хоть оральным сексом с ним занималась... Как говорится, для необходимого сбора материала! А тебе это, кажется, совсем не светит.

— Разные бывают обстоятельства... — нахмурилась Ольга от неопровержимости фактов и упрямо тряхнула головой.

— Ну допустим, — вошла в игру Марина, — допустим, тебе каким-то чудом удастся от него забеременеть. Где гарантия, что он признает ребёнка? Это раз. Где гарантия, что он решит бросить жену и на тебе жениться. Это два. А может, он будет просто посылать тебе скромные алименты или — вот-вот! — вообще захочет у тебя этого ребёнка отобрать и воспитывать его с жёнушкой? Последнее, кстати, наиболее вероятно, учитывая ту неземную любовь, которой они друг к другу пылают и о которой ты мне все уши прожужжала.

В ответ Ольга застыла на месте, закрыла глаза и с невероятной силы ненавистью промолвила:

— Я иду ва-банк!

От неожиданности Марина вздрогнула и уставилась на неё, словно впервые увидела.

— Боже! — на этот раз уже испуганным голосом подруга детства предприняла последнюю попытку переубедить её. — Чувствую, наломаешь ты дров... А может, ты даже этого ребёнка и не выносишь! А может... Побойся бога, Оля, не ломай семью, такие пары друг для друга созданы.

Последнюю фразу она пробормотала тихим благоговейным голосом. Лицо Ольги превратилось в злую гримасу. С минуту она, сузив глаза, сверлила ими сидящую напротив подругу. Затем резко и истерично расхохоталась:

— С каких это пор ты стала так радеть за священность брака?.. В ваше вон заведеньице всё больше женатики и ходят! К самой тебе только такие и подкатываются! И если среди них ты найдёшь этого самого своего «туза», то посмотрим, остановит ли тебя подобный нюанс!

— На чужом горе счастья не построишь, — только и нашлась что ответить Марина.

Но Ольга её уже больше не слушала. Она продолжала исступлённо кричать. Ненависть ко всему миру, копившаяся в ней годами, словно прорвалась наружу:

— Почему таким дурочкам не от мира сего так везёт?! Всё на блюдечке с голубой каёмочкой: вначале у родителей на всём готовеньком, потом у мужа! А другим в дерьме ковыряться да за место под солнцем драться! Видела я это неземное создание, смотрит на всех своими фарфоровыми глазками с блаженным выражением лица, будто только что из рая спустилась! Сразу видно, ни забот, ни горя в жизни не видела! И за что ей такой мужчина?!

Хватит! Пожила в розовых очках, теперь и она пусть жизни хлебнёт, как нам с тобой с самого детства пришлось! Пора освобождать тёпленькое местечко!

Марина только беспомощно махнула рукой и ни с того ни с сего суеверно перекрестилась.

Глава VII

В боковом зеркале красного «Ягуара» мелькнула стройная фигурка. Каждый раз, выезжая с парковки, Андрей провожал её глазами. Белая блузка, чёрная юбка, небольшие каблучки чёрных туфель-лодочек. «Бедная, — уже не впервые подумал он, — сколько месяцев допоздна со мной в офисе остаётся и никогда не жалуется. Надо узнать, где она живёт. Может, хоть подвозить после работы, что ли?» Новой секретаршей в целом все были довольны. Андрей — тем, что она безропотно оставалась по вечерам столько, сколько ему было нужно. Лидия Михайловна — тем, что у неё поубавилось работы.

— Странная она только чуть-чуть, скрытная уж больно, — выдала пожилая женщина как-то раз характеристику своей помощнице, — про себя так и словечка не выдавит. А вот детей, видно, любит... Значит, сердце доброе. Всё расспрашивает про моих внуков да про других, — тут она внезапно поперхнулась и выговорила с натугой, — у кого да сколько.

Свою изначальную репутацию скромницы новая секретарша также подтвердила. Андрей сам видел, как к ней приставал их курьер и как она дала ему безоговорочный отворот-поворот. Вот только пару раз, когда они оставались в офисе одни после окончания рабочего дня, ему показалось, что у девушки высоковат разрез на юбке, днём она как будто в другой была. Блузка тоже не на все пуговицы застёгнута, а ровно настолько, чтобы оставить место воображению. Ну да мало ли, устала, не ходить же двадцать часов в сутки застёгнутым по самое горло. Андрей и сам любил после пяти расслабить галстук, снять запонки и закатать рукава на рубашке. Правда, ещё и макияж как-то вдруг агрессивней и отчётливей показался, вот и вишнёвая помада... Ну а это, наверное, он сам уже устал, и от переутомления всё в искажённом виде чудилось.

В один из дней в середине рабочей неделе он твёрдо решил, что великодушно предложит Ольге отвезти её после работы домой. Если, конечно, такая скромница не откажется. Но тогда, по крайней мере, его совесть будет чиста. Впрочем, секретарша даже обрадовалась:

— Ой, спасибо вам огромное, Андрей Петрович, а то я каждый раз, возвращаясь домой, так нервничаю, всё время кто-нибудь по дороге пристаёт!

Как выяснилось, жильё она снимала довольно далеко, и Андрей с досадой вздохнул, подумав о Вере. «Да-а, доброта самаритянина всегда меня подводит... Хорошо хоть, что дороги уже достаточно свободны в такое время, основной поток возвращающихся с работы уже прошёл». От мысли о том, что он заставляет свою терпеливую жену ещё больше ждать, даже как-то закрутило в животе, и он сосредоточенно жал на газ, стараясь ехать как можно быстрее. Секретарша всю дорогу что-то без перерыва говорила, кажется, всё ещё жаловалась на то, как ей приходится отбиваться от пристающих мужчин на улице. Андрей не слушал. «Бедная, наверное, выговориться надо, днём в офисе-то всё больше молчит...» Высадив свою пассажирку в одном из спальных районов на окраине Москвы, он во всю мощь погнал домой.

На следующий день, когда они наконец закончили все дела, секретарша уже стояла в ожидании возле выхода. «К хорошему быстро привыкают, — подумал он при виде неё, — надо как-то дать ей понять, что не каждый же раз я смогу быть её такси!» Ольга глядела на него с заранее благодарной улыбкой. «Девочка ещё совсем... Зелёная и наивная, — обратил внимание на её молодость Андрей и почувствовал, что разочаровать её сейчас — это всё равно что обидеть ребёнка. — Так, теперь мой ежедневный приход домой сдвинулся ещё на сорок минут позже...»

С чувством обречённости он подумал о том, что и это потихоньку войдёт в график.

Глава VIII

Приближалось лето, а с ним и запланированный ещё с зимы отпуск. Андрей предвкушал, как наконец-то отвезёт жену на юг. Вера давно мечтала побывать в Венеции. «Хватит ей здесь мёрзнуть. Две недели в Италии, а потом ещё две в Крыму. Мы заслужили наш «медовый» месяц. Этот год нам выпал нелёгкий. Я на работе сколько пропадал, а она всё одна-одинёшенька дома со своим фортепьяно... Только музыка, наверное, её и спасала». В последний раз, когда ей стало плохо на работе, Андрей настоял, чтобы она ушла из школы. Современные ребятишки могли довести кого угодно. А Вере нельзя было волноваться. С тех пор она давала на дому уроки редким ученикам.

В последний перед отпуском день Андрей уже с утра был в приподнятом настроении.

— Лидия Михайловна, как я вас и предупреждал неделю назад, с завтрашнего дня всеми делами будет заправлять Юрий Дмитриевич, — и, переходя на неофициальный тон, он по-мальчишески весело продолжил: — А мы с Верочкой будем далеко-далеко! И постарайтесь нас по пустякам не беспокоить! И ждите нас ни больше ни меньше как через месяц!

— Ой, Андрюш! Ты же никогда полный месяц не брал, как бы мы тут без тебя не накашеварили чего...

— Ничего, справитесь! А мне пора вспомнить и о семейной жизни! А то последний год я как ишак работал, так недолго до того, что жена уйдёт к другому! — преувеличенно испуганным тоном пошутил он.

Ольга, слушая их диалог из смежного кабинета, взволнованно нахмурилась. «Месяц, целый месяц... Значит, пора!» Остаток рабочего дня она была невероятно рассеянна, так что Лидия Михайловна неоднократно делала ей замечания. «Только бы он не ушёл с работы раньше обычного!» — напряжённо думала девушка. В какой-то момент всё действительно шло к тому. Андрей Петрович громко объявил, чтобы все поторопились, у кого к нему что есть на подпись, так как сегодня он хочет уйти пораньше. Но, как обычно, пытаясь максимально завершить все дела, он всё ещё был в своём кабинете, когда остальные сотрудники стали уже расходиться. Ольга тоже оставалась. Как только из офиса исчез последний работник, она направилась в туалет. Вначале она тщательно подправила макияж, затем достала из сумочки маленький флакончик и, словно сотворив некий ритуал, торжественно обрызгала им всю себя с головы до ног. В тот момент, когда она выходила из туалета, Ольга столкнулась лицом к лицу со спешащим директором. Андрей только раскрыл рот, чтобы сообщить ей, что сегодня он отвезти её никак не сможет, потому что очень торопится домой, как, махнув рукой, подумал, зачем, мол, портить кому-то настроение в такой замечательный день.

— Оленька, вы готовы? Тогда бегом, бегом...

Сев в машину, он буквально чуть не задохнулся от странного терпкого запаха, доносившегося от девушки. Не удержавшись, он воскликнул:

— Господи, Ольга! Мне кажется, вы переусердствовали с вашим парфюмом!

Он открыл окно, но сильный концентрированный запах не переставал раздражать обоняние, что-то смутно ему напоминая:

— Что это?

Девушка мило улыбнулась, как будто слегка смутившись:

— Я не знаю. Мне его подарили.

— И вы брызгаетесь в таком количестве даже сами не знаете чем? — по-доброму засмеялся Андрей.

Всё, с чем слегка ассоциировался этот запах, было эротическое массажное масло с феромонами, которое им подарили друзья на свадьбу. Андрею стало смешно и интересно.

— А вы не удовлетворите моё любопытство, достав его из сумочки? Как же он всё-таки называется?

Ольга на секунду растерялась.

— Ой, а я его в офисе оставила, в столе!

— Жаль, жаль, — все ещё смеялся над этой забавной ситуацией Андрей.

Как только они подъехали к нужному дому, он быстро повернул к ней голову, чтобы попрощаться. Ольга как-то странно смотрела на него и не выходила из машины. Андрей нетерпеливо повторил:

— Ну всего хорошего, Оленька! Работайте пока без меня...

И тут же осёкся, увидев, как внезапно изменилось её лицо. Она как будто бы собиралась заплакать, но глаза смотрели зло и недобро.

— Оля! Что с вами? С вами всё хорошо?

В тот же момент она вдруг стала хватать ртом воздух. Андрей часто видел, как задыхалась Вера. Её лицо обычно синело при этом. Ольга же стала вся красная, как от переизбытка кислорода. Андрей мгновенно выскочил из машины и побежал вытягивать девушку на свежий воздух.

— Как? Как мне вам помочь?

— Там, там наверху... Лекарство... Помогите мне дойти до квартиры... — хрипела она.

— Скорую? Ольга я должен вызвать скорую!

— Нет! Лекарство... Оно поможет... Не надо скорую...

Андрей поднял девушку на руки и побежал в подъезд. Сквозь хрипы он с трудом разбирал её указания. Оказавшись перед квартирой, он уже хотел было открыть её сумочку, чтобы найти ключ, как Ольга быстрым жестом опередила его. Всё же попасть в замочную скважину ей не удалось, и Андрей взялся сам. Зайдя в квартиру, девушка бросилась на кухню, достала какой-то баллончик и стала прыскать его себе в рот. Удушье сразу же прекратилось. Андрей закрыл дверь и зашёл следом за ней. Он налил воды в кружку, подал ей и уселся напротив.

— Оля! У вас что, астма?

— Да, — чуть слышно прошептала девушка.

— Тогда почему вы не носите лекарство с собой? Это же опасно!

— Я... забыла его. Мне... сейчас надо прилечь.

— Конечно, конечно, пойдёмте, я проведу вас!

— И часто у вас бывают подобные приступы? — спросил он, помогая расположиться ей на кровати в зале.

— Нет-нет! Вовсе не часто! Крайне редко! Вот потому и забываю лекарство...

— А знаете, что я вам скажу? Это же очевидно, что сегодняшний приступ спровоцировали ваши непонятно какие духи! При вашей болезни вообще нужно быть крайне осторожным со всякими там запахами! А вы вылили на себя, наверное, полфлакона. Постарайтесь избавиться от них как можно быстрее: у вас явно на них аллергическая реакция!

— Да-да! Я так и сделаю, — девушка смотрела на него взглядом несчастного ребёнка.

Андрей замолчал, оглянулся вокруг. Они были в бедно обставленной комнате, жалкий вид которой сразу выдавал, что это съёмное жилье. Он взглянул на часы.

— Пожалуйста! Пожалуйста, только не уходите так сразу! Я не могу сейчас остаться одна!

— Оля! Может всё-таки скорую? — снова мягко начал настаивать Андрей.

— Понимаете... После этих приступов... — сказала она, растягивая слова. — Мне становится так страшно... Просто страшно...

Она быстро села на кровати, обняла мужчину за шею и прильнула к нему, как маленький ребёнок.

— Ещё этого не хватало! — расстроился Андрей. — У вас что, панические атаки?

— Только после приступов! — поспешила заверить его Ольга. — Это ненадолго. Всего на час... Максимум полтора.

Андрей снова разочарованно посмотрел на часы. Нужно было позвонить Вере и всё объяснить, но Ольга грузом висела у него на шее, и ему не хотелось разговаривать с женой, когда другая женщина будет дышать ему прямо в трубку.

Вдруг Ольга выпрямилась и сказала:

— Вы только не поймите меня неправильно... Мне мама всегда в таких случаях даёт выпить красного вина. Это полезно для крови тоже...

Андрей недоумённо поднял брови:

— А вы вполне уверены? Всё же алкоголь после приступа... Да ещё как это будет взаимодействовать с принятым лекарством?

— Да-да, не волнуйтесь. Я точно знаю... Мама точно знает... — поспешно залепетала она в ответ.

— Ну ладно, надеюсь, вы не пытаетесь выпить вино только для того, чтобы заглушить страх. Я останусь с вами, сколько надо, в любом случае, поэтому вам необязательно что-либо пить, если это и так пройдёт через час. Ну хорошо-хорошо, давайте я вам принесу. Где оно стоит? — сжалился он, увидев растерянный взгляд девушки.

— Я сама, сама!

Ольга вскочила и бросилась на кухню. Андрей воспользовался моментом, чтобы позвонить жене. Объяснять в подробностях, что произошло, он сейчас не собирался. Просто скажет, что задерживается, потому что человеку стало плохо и нужно с ним побыть.

На кухне Ольга судорожно принялась вытряхивать всю аптечку. Найдя нужный пакетик с растолчённым порошком, она высыпала его весь в бокал. Туда же налила красного вина. Затем на секунду застыла, раздумывая. В инструкции было написано, что достаточно одной пилюли непосредственно перед актом. «Другого шанса не будет!» Приняв решение, она достала ещё две таблетки из забавной маленькой бутылочки с надписью «Ловелас» и стала остервенело их толочь. Добавив туда ещё две таблетки димедрола, она высыпала всю массу в тот же самый бокал. Порошок тяжёлым белым осадком опустился на дно. «Чёрт!» Ольга принялась яростно мешать содержимое до полного растворения. Из комнаты слышался голос Андрея, разговаривающего по телефону. Девушка быстро схватила флакончик с маслом-афродизиаком и намазала им виски, запястья, грудь. Затем она налила вино во второй бокал и вернулась в комнату.

— Оля! Да вы что! Я же за рулём! Я не буду это пить.

— Андрей Петрович, ну пожалуйста! Только один бокал! Не могу я одна...

— Ну, учитывая то, что ты это делаешь в лечебных целях, вполне можешь и одна, — проворчал Андрей, беря бокал. «Ладно, — подумал он про себя, — может, хоть стресс сниму. А то что-то передёргался я из-за этого инцидента...»

В несколько больших глотков он осушил бокал. Ольга поцеживала из своего и молча наблюдала за ним.

Вскоре сидящий рядом с ней мужчина начал как-то нелепо потряхивать головой и тереть лоб.

— Что-то мне нехорошо... — услышала она его бормотание.

Ольга медленно и осторожно притянула его к себе на кровать. Андрей не сопротивлялся и весь обмяк. «Хоть бы я его не отравила!» — с ужасом подумала она. Ольга стала нежно гладить его лицо и волосы. Мужчина закрыл глаза, и Ольга снова занервничала: «Что, если он просто заснёт?» Тогда она принялась поспешно расстёгивать на нём и на себе одежду...

Противно громко звенел будильник.

— Андрей Петрович! Нам пора на работу! — откуда-то издалека позвал шутливый женский голос.

Голова была тяжёлая, и просыпаться совершенно не хотелось. Андрей протянул руку, нащупал голое женское тело и притянул к себе. Было ощущение какой-то сладкой туманной истомы, как после очень страстной ночи, и, не открывая глаз, мужчина принялся целовать свою подругу наощупь.

— Верочка, у нас сегодня каникулы... — с усилием пробормотал он.

Мужская плоть мгновенно отреагировала на прикосновения к женщине, и всё, что ему сейчас хотелось, — это заняться любовью. Он нежно и настойчиво начал возбуждать её. Даже в полусонном состоянии он знал все эрогенные зоны жены. Он провёл языком по её шее до мочки уха и открыл глаза. По подушке рассыпались волосы тёмно-каштанового цвета.

— О боже, что это?! — Андрей одним рывком поднял себя в сидячее положение.

С разобранной кровати на него глядела обнажённая Ольга. — Что это... за кошмар?! — потрясённо воскликнул он, пытаясь соединить воедино то, что он видел, и то, что должен был увидеть.

Ольга, лёжа в соблазнительной позе, таинственно улыбалась, не отвечая. Андрей в отчаянии оглянулся вокруг, надеясь, что он просто окончательно не проснулся. Отовсюду на него глядели обтёртые стены съёмной квартиры, в которую он попал накануне вечером.

— Как это произошло? Как это могло случиться?! — отгоняя шокирующую реальность, почти закричал он.

— Андрей Петрович! — Ольга наконец-то отреагировала, натянув на себя по шею простыню, и улыбнулась на этот раз растерянно-радостно. — Что вы такое говорите? Вы же сами. Вы сказали, что хотите... что любите меня!

— Что за чёрт! — Андрей больше был не в силах переносить этот абсурд. — Ольга, мы что, переспали?! Я что, воспользовался вашим вчерашним состоянием?!

Девушка молча поспешно закивала из-под простыни. Андрей в одно мгновение спрыгнул с кровати и, зарычав, словно от боли, начал быстро собирать свои разбросанные по всей комнате вещи. Через пять минут он был полностью одет. Ольга так и не сдвинулась с места. Андрей уже бросился к выходу, но, сообразив, в каком состоянии он оставляет девушку и как постыден будет его подобный уход, он обернулся к ней и полным раскаяния голосом сказал:

— Ольга! Простите меня! Я поступил как гнусный похабник... Простите и забудьте обо всём!

«Какое счастье, что я её хотя бы не изнасиловал! По крайней мере, если судить по её лицу...» — полный отвращения к самому себе, подумал он, сбегая вниз по лестнице.

Всю дорогу домой он мучился от сознания того, что впервые в своей жизни ему придётся откровенно нагло врать Вере. «Господи! И это надо было так развести от одного бокала вина! Всё эта чёртова хроническая усталость! Полная потеря контроля над собой! Хорошее начало для отдыха...»

Глава IX

Через неделю в Венеции он вспоминал о случившемся перед отъездом как о чём-то смутном, привидевшимся ему во сне. Вера не стала много расспрашивать о том, где он пропадал ночью. Она была бесконечно счастлива, что он вернулся домой целым и невредимым. Кстати сказать, не будь отъезд назначен на тот же день, Андрей непременно бы заглянул к доктору. Состояние его явно было никудышное. Вспомнить, как ни старался, он ничего толком не мог. Что же было после того злополучного бокала вина, оставалось под завесой тумана. «Просто как в плохом кино!» — с горечью думал он. «Хроническая усталость, хроническая усталость... Капля алкоголя и... Нельзя доводить себя до такого состояния!»

В Венеции они с Верой кормили голубей на площади Святого Марка, часами стояли на Кампаниле — колокольной башне, откуда простирался великолепный вид на красоты окрестностей, и каждый день катались на гондолах. Жизнь была похожа на беззаботную сказку! Андрей постарался выкинуть всё случившееся из головы. Две недели в Крыму закрепили его душевное спокойствие. Он знал, что никакая другая женщина в мире, кроме Веры, ему никогда не будет нужна.

Вернулся Андрей отдохнувшим и полным новых сил. Неприятный инцидент, казалось, растворился в памяти и исчез навсегда.

В офисе все с нетерпением ждали его возвращения. Андрей был ключевой фигурой всего своего бизнеса. В его отсутствие не принимались никакие серьёзные решения, и поэтому вопросов накопилось достаточно много. В первый же день, с головой окунувшись в дела, он даже при виде своей секретарши искренне ни о чём не вспомнил.

Снова завертелись жернова мельницы, снова началась деловая рутина.

В конце рабочего дня Андрей устало провёл руками по лицу и только сейчас обратил внимание на сидящую за своим компьютером секретаршу. Стеклянная стена, соединяющая их кабинеты, была заставлена огромными кадушками с пальмами, оставляя, впрочем, возможность наблюдать за тем, что происходит в соседнем кабинете. «Чёрт! Только бы не началось всё сначала! Надо взять за правило, чтобы все, в том числе и я, уходили вовремя. Работа не волк...»

Андрей решительно поднялся с места и впервые со дня открытия своего бизнеса оставил на столе всё как есть, не наводя порядок для завтрашних дел.

Секретарша с удивлением взглянула на его выходящую из дверей фигуру и тут же поднялась сама.

— Домой! Всем домой! — бодро сказал он шутливым тоном, быстрым шагом проходя мимо неё.

— Андрей Петрович! — окликнула его секретарша. — Подождите! Нам нужно с вами поговорить.

Андрей полуобернулся и, подняв брови, сухо спросил:

— По работе? Завтра у нас будет достаточно времени для этого.

— Нет! Это по личному... — глаза девушки смотрели на него откровенно интимным взглядом.

— Ольга! — мужчина вздрогнул и, испуганно окинув взглядом офис, тихо заговорил. — Я же просил вас. Забудем обо всём. Это было... досадное недоразумение, — тщательно подбирая слова, проговорил он. — Я ещё раз прошу у вас прощения. Я женат и дорожу своим браком, а вы... Вы молоды и красивы, и я уверен, что в скором будущем у вас появится хороший молодой человек!

Девушка с каким-то насмешливым выражением лица выслушала всю его тираду и затем, медленно растягивая слова, словно смакуя их, произнесла:

— Андрей Петрович! Я беременна.

Андрей в шоке уставился на девушку. Когда же наконец до него дошли сказанные ею слова, он только и смог вымолвить:

— Сейчас не место и не время для этого разговора... Мы поговорим... позже.

Ему хотелось переварить полученную информацию. В офисе всё ещё находились другие люди, и их могли слышать. Он развернулся и, не помня себя, вышел. Как только за его спиной захлопнулась дверь, Ольга села на своё место и решительно взялась за телефонную трубку.

Подъехав к своему дому, Андрей все ещё ощущал в голове сплошной сумбур. Но ноги вели его домой сами, словно к спасительной гавани. Ему хотелось сжать в своих объятиях любимую женщину и забыть обо всех на свете. На его звонок в дверь долго никто не открывал. «Видимо, не привыкла, чтобы я так рано возвращался с работы, и вышла прогуляться», — подумал он, доставая свой ключ. В этот момент замок щёлкнул, дверь распахнулась. На пороге стояла Вера с уставшими заплаканными глазами.

— Верочка! Милая, что с тобой? — сразу же бросился к ней Андрей.

Вера послушно дала себя обнять и тихо прошептала:

— Скажи мне, это правда?..

Чувствуя холодок, Андрей в замешательстве отстранился.

— Это правда, что ты... и твоя секретарша...

Андрей ощутил, как в горле вырос ком величиной с теннисный мяч. Не было сил выговорить ни слова. «Вот и всё. Она всё знает. Сарафанное радио работает исправно. Кто-то позвонил из офиса...» Не в состоянии посмотреть ей даже в глаза, Андрей повернулся и, молча опустив голову, словно побитая собака, вышел из квартиры.

Глава X

— Послушай, мама! Я просто предатель. Никогда не думал, что смогу на такое быть способен, что смогу когда-нибудь так поступить с ней! Но, видимо, никто не знает самого себя до конца. Я просто не достоин быть рядом с нею...

Андрей сидел на кухне родительской квартиры. Сквозь занавеску лились последние лучи заходящего солнца. В воздухе веяло родным запахом корицы, любимой приправы Марии Васильевны. Сама она хлопотала, готовя к ужину, разговаривая с ним, повернувшись вполоборота.

— Сын! Очнись! О чём ты толкуешь!? Ведь все ошибаются. Ты же в конце концов просто мужчина. А таких «ошибок» любой мужчина за свою жизнь делает ого-го сколько! Главное, чтобы это не переходило в постоянную привычку. Что? Ты думаешь, твой отец святой был?

— Отец?! — Андрей поперхнулся глотком воды, которую он судорожно отпивал из стакана каждую минуту.

— Отец, — со спокойным напором повторила Мария Васильевна, — но нам же хватило ума не разбивать семью. Рос ты, прекрасный сын. И, как видишь, мы все вместе прожили счастливую жизнь. И Верочка простит. Обязательно простит.

— Мама! Это я сам себя простить не могу! Я не могу смотреть ей в глаза!

— Ну а это, уж поверь мне, постаралась сама твоя пассия! Не кто иная! Сама же и позвонила Вере, чтобы поскорей семью разрушить.

— Нет, мам, Оля не могла этого сделать. Она не такая... Просто доброжелателей на работе всегда хватает, — промолвил устало Андрей, опустив вниз голову и обхватив её руками.

— Да уж, все они не такие! — в сердцах воскликнула Мария Васильевна. — Молоденькая вертихвостка! Приехала в Москву пристроиться на всё готовое!

— Что за шум? Что за гам? — послышался в коридоре весёлый голос Петра Львовича. — Не иначе как блудный сын в гости заявился и баламутит атмосферу в доме?

На кухню вначале заглянула его крупная голова с седыми вихрами, сквозь толстенные линзы очков посверкивали искорки радости в глазах, а затем и он сам, распахивая руки в готовности обнять любимого сына.

— Блудный самый что ни на есть, — с грустной доброй улыбкой добавила Мария Васильевна. — Заблудился между двумя соснами, вернее, женщинами.

— Пап, я у вас некоторое время поживу, ничего? — с усилием выговорил Андрей, высвобождаясь из отцовских объятий.

— Что я слышу? Какими ещё соснами, какими женщинами? А как же Верочка? И что значит поживу? У тебя свой дом и любимая жена, кажется, есть! Или уже нелюбимая?.. — Пётр Львович рокотал раскатистым басом с теми же интонациями, с которыми он обыкновенно журил своих нерадивых студентов.

Мария Васильевна принялась вытирать мокрые тарелки, искоса поглядывая на сына и ожидая ответа.

— Любимая, отец, в том то и суть, что любимая...

— Так в чём же дело? — с чуть заметным облегчением снова весело воскликнул Пётр Львович.

— Не всё так просто... — вымученным тоном произнёс Андрей, желая уже поскорей положить конец этому разговору.

Он взял со стола сигареты и молча вышел на балкон. Минут через пять за ним последовал Пётр Львович, успевший уже ознакомиться со слов жены с обстоятельствами дела.

— Ну-ну, — ободряюще похлопал он по плечу сына, — не всё так просто, но и не всё так сложно, — он тут же перешёл на знающий тон человека, умудрённого опытом в подобных делах. — Понимаю, случается, но всё в твоих руках, — и, понизив голос, заговорщицки добавил, — ты её уволь-ка поскорее, знаешь, с глаз долой — из сердца вон, искушение-то и пропадёт.

— Папа, я не могу её уволить, — возмутился Андрей, — она ждёт от меня ребёнка!

Из кухни донёсся звон разбившейся посуды. Пётр Львович озабоченно принялся протирать запотевшие линзы очков.

— Гм... Гм... — только и смог выговорить он.

Пожалев уже о том, что решился прийти к родителям, Андрей в отчаянии ушёл в свою комнату, в которой когда-то вырос. Всё в ней напоминало ему о Вере. Даже на стенах были развешены фотографии, где они, совсем ещё дети, в бальных костюмах стоят в танцевальных позах. Бросившись на кровать лицом в подушку, он понял, что не сможет оставаться здесь, что завтра же купит газету и начнёт звонить по объявлениям для съёмного жилья.

На следующий день Андрей ощутил себя полностью в ловушке. Стараясь забыться в делах и бумагах, он каждый раз испытывал электрошок при виде Ольги. Как назло, всё напоминало ему о её состоянии. То он замечал, как она останавливается и вдруг хватается за живот, то как вдруг начинает обмахивать себя листком бумаги, словно ей не хватает воздуха. Через Лидию Михайловну он передал, что ничья помощь ему сегодня не понадобится, и Ольга тоже может уйти вовремя. Хотелось остаться в офисе допоздна и без помех прозвонить подчёркнутые им накануне номера телефонов аренды жилья. Но девушка тоже не уходила. «Она ждёт, когда я выйду и отвезу её», — с неприятным чувством подумал он. Ему было невыносимо оставаться с ней в офисе наедине, но домой к родителям идти тоже не хотелось. «О боже! Как это вообще могло случиться?!.. Ведь я даже не думал никогда о ней как о женщине...» Воспоминания той ночи были смутными и нечёткими. То, какие последствия это за собой повлекло, ещё больше не давало ему сосредоточиться и восстановить события. «К чёрту! Я просто пытаюсь найти себе оправдание. А вместо этого нужно взять себя в руки и нести ответственность за свои поступки». Он решительно встал и вышел из кабинета. Девушка тотчас поднялась и заулыбалась.

— Оленька, вы готовы? — по привычке деловым тоном спросил он. «Какая горькая ирония! И это я разговариваю с женщиной, которая ждёт моего ребёнка!» Как бы ему хотелось, чтобы это была Вера...

— Да-да! — радостно и суетливо засобиралась девушка.

Садясь в машину, она неловко плюхнулась на сидение и сразу же заохала, схватившись за живот. Была бы это жена, Андрей непременно бы в этом случае проявил тысячу заботливых жестов. Но как вести себя сейчас, он совершенно не знал. Каким-то замороженным голосом он тихо произнёс:

— Оля, ты у врача состоишь на учёте?

— Я ходила один раз… Ну тогда, когда мне сказали, что я беременна… А так у меня же прописки нет, а на платных денег не наберёшься, — грустно ответила девушка.

— Я дам тебе деньги, сколько нужно дам, на любого нужного врача, — сказал быстро Андрей.

— На любого? — подозрительным тоном переспросила Ольга, уставившись на него в упор. — Что вы хотите этим сказать, Андрей Петрович? — И что было силы она оскорблённо выкрикнула: — Я аборт ни за что не сделаю!

Андрей почувствовал, как последняя подсознательная надежда развязать этот узел исчезла вместе с этим отчаянно решительным заявлением девушки. «В конце концов ребёнок ни в чём не виноват», — обречённо подумал он.

— Вы что, не хотите собственного ребёнка? — словно читая его мысли, с вызовом бросила она.

Андрей промолчал. Затем, чувствуя себя последним подлецом и трусом, осторожно спросил:

— А ты уверена?.. Ну, что это… мой…

— Андрей Петрович! — почти плача, с укором ответила девушка. — Я же девственницей была, вы же у меня первый…

— О боже! — застонал Андрей и газанул что было силы.

Что ещё он узнает о той дурацкой ночи?.. Невозможность вспомнить что-либо сводила его с ума.

Вернувшись к ужину, он понял, что родители сами в большой растерянности и не знают, что ему сказать. Рассчитывая на то, что трапеза пройдёт в молчании, он решился присоединиться к ним за столом. Мария Васильевна заботливо разложила еду по тарелкам. Присев на стул, она вдруг решительно произнесла безо всякого предисловия:

— Вы с Верой тоже можете усыновить ребёнка. Не принимай никаких решений до родов. Затем проверишь на ДНК-тест, твой ли это... И в конце концов сможешь с ней договориться, что ребёнка ты будешь воспитывать сам... с Верой. С Верочкой мы поговорим... — поспешно добавила она.

— Мама! Оля никогда на это не согласится. Я не могу отнять у матери её ребёнка. Она его хочет и ждёт.

— Хочет и ждёт, говоришь? — с сарказмом, повышая голос, выговорила Мария Васильевна. — Зачем это, скажи на милость, вчерашней школьнице, только-только начинающей жизнь, нужно одной рожать младенца, не имея ни крыши над головой, ни мужа — ничегошеньки?! Тебе не приходит в голову, чего она ещё, возможно, хочет и ждёт?

— Мать права, — рассудительным тоном поспешил вставить своё слово Пётр Львович, — это как-то уж слишком неправдоподобно получается. Обычно молоденькие девицы, попав в сие положение, в подобных случаях сами стремятся как можно быстрее из него выйти и от плода избавиться.

— Она не будет этого делать! — резко прервал его Андрей. — Я с ней уже поговорил... И всё, хватит об этом! — он вскочил с места и схватился за голову. — Больше я не могу говорить на эту тему!

— Сын! — крикнула ему вслед Мария Васильевна. — Только не вздумай бросать Веру!

Глава ХІ

Андрей задумчиво стоял у окна во всю стену, глядя вниз на осеннюю Москву. Накрапывал мелкий дождик.

Панорамный вид птичьего полёта расстилался у его ног. Отсюда, с сорок шестого этажа, всё казалось таким мелким и незначительным. Автомобили, словно игрушечные машинки, сновали туда-сюда. Москва-река изогнутой лентой посверкивала внизу. Его красивая квартира-студия на Пресненской набережной была идеальным местом для холостяцкого логова. Андрей любил так стоять часами, наполняясь отрешённостью ко всему и ко всем. Аренда стоила безумно дорого, но, взглянув на квартиру, он сразу же понял, что сможет успокоиться и отстраниться от всего только здесь.

Где-то у окна, возможно, сейчас так же, как и Андрей, стояла Вера. При мысли о ней в сердце отозвалась болезненная грусть. Он по-прежнему хотел продолжать заботиться о ней. Но только теперь на расстоянии... Андрей ежемесячно пополнял её банковский счёт, замечая при этом, что сумма меняется лишь незначительно. Видимо, Вера не хотела пользоваться его деньгами сейчас, когда они находились в разрыве, но и не пыталась устраивать гордых отказов. Она просто не замечала того, откуда берутся деньги. Ни он, ни она не искали возможности поговорить после того ужасного дня. Андрей лишь иногда осторожно интересовался у матери, как она.

А на днях, зайдя к родителям взять кое-какие вещи, он почувствовал запах её любимых духов. Очевидно, она была там накануне. От этого на душе стало как-то теплее и радостнее.

Впервые в жизни, сам не желая того, он оказался в положении, когда был вынужден заботиться о двух женщинах сразу. Через три месяца после случившегося Ольга объявила, что не в состоянии больше работать, так как её мучает сильный токсикоз. Андрей сразу даже обрадовался, что теперь не придётся видеть её каждый день.

Он пообещал ей, что будет давать деньги на всё необходимое: врачей, продукты питания и т. д. Девушка исчезла из его поля зрения, но не из его жизни. Не прошло и трёх дней, как она позвонила сказать, что ей предписали срочно поменять место жительства, ввиду того что в квартире на стенах есть плесень: это может повредить её здоровью, а также здоровью ребёнка. Новую квартиру она вызвалась найти сама. Андрею только оставалось оплатить ренту. Ольга звонила почти каждый день, всячески стараясь напоминать о себе. Докладывала в деталях всё, что говорил ей доктор на очередном приёме.

В один из таких звонков она с триумфом объявила, что у них будет мальчик. Теперь, когда уже был определён даже пол и неизбежное стало таким явным и осязаемым, у Андрея слегка кольнуло в сердце: неужели у него всё-таки будет сын? Его сын! Несколько взволнованный, он зашёл в ванную, чтобы освежиться холодной водой. «Что, если ребёнок будет похож на меня?» — как-то по-детски эгоистично подумал он. Отряхивая с лица мокрые пряди черных волос, он взглянул на себя в зеркало. В отражении на него смотрело красивое мужское лицо с правильными чертами. Тёмно-синие глаза были по привычке серьёзными и сосредоточенными. Не имея возможности ходить в спортзал из-за нехватки времени, он в свои тридцать шесть оставался все ещё стройным и подтянутым. Возможно, сказывались долголетние занятия в юности бальными танцами. Только недавно проглянувшая первая проседь на висках могла хоть что-нибудь сказать о его возрасте. «Отец по недоразумению», — с горькой иронией подумалось ему.

На следующий день была суббота. Андрей заехал в супермаркет, накупил фруктов и других, по его мнению, полезных для беременных продуктов и отправился к Ольге. Её новое жилище значительно отличалось от предыдущего. Квартира была двухкомнатная и располагалась в приличном доме. Ольга очень обрадовалась его визиту и тут же объявила, что ей нужно больше гулять на свежем воздухе, а одна она опасается, так как ей часто становится плохо. Выйдя на улицу, она тут же взяла его под руку, отчего Андрей неприятно поморщился, но отстраниться посчитал неуместным. Сверху на них посыпался первый снег. Ольга поёжилась и жалостливо сказала:

— Холодно... А у меня ничего теплее-то и нет, чтобы надеть...

И она, приложив руку ко рту, несильно закашляла. Андрей с удивлением взглянул на неё, словно впервые увидел. Через минуту он возмущённо заговорил.

— Оля! Вы совершенно безответственно себя ведёте! Вы беременны и должны заботиться о своём здоровье, прежде всего ради ребёнка! Неужели вы не могли купить себе более тёплую одежду к зиме, — нахмурившись, он уставился на её короткое модное чёрное пальтишко и, чтобы предупредить самый частый её аргумент, сразу же добавил, — а если у вас нет денег, то попросить у меня?

Девушка, опустив глаза, смиренно ответила:

— Андрей Петрович! Я просто стеснялась снова у вас просить.

— Так, — деловито сказал он, взглянув на часы, — прогулка отменяется. Мы едем по магазинам.

В глазах девушки мелькнули победные искорки, и она с удовольствием дала увести себя в сторону припаркованного автомобиля, уже припорошённого лёгким слоем снега.

Возвращались они вечером, когда короткий день уже уступил место густым сумеркам. Помогая относить в квартиру многочисленные пакеты и свёртки, Андрей даже не имел представления, что в них находится. Во время Олиных длительных примерок и переходов из одного бутика в другой он сидел в кафе с газетой в руках и с открытым планшетом на столе, время от времени с кислым видом поглядывая на часы. В его роль входило только расплачиваться. Вера обычно никогда не утомляла его совместными походами по магазинам. А когда это изредка случалось, старалась определиться с выбором как можно быстрее. Вообще говоря, его жена обладала тем редким даром, который отсутствует у большинства женщин, — даром оценивать вещь с первого взгляда. Она мгновенно могла безошибочно определить, подходит ей данная вещь или нет, и никогда не сомневалась в своём выборе. Обладая тонким вкусом и изящной фигурой, она всегда выглядела безукоризненно, несмотря на явный недостаток интереса к столь важной для всего женского пола теме, как гардероб.

— Надеюсь, что теперь у вас имеется всё необходимое для того, чтобы не подвергать своё здоровье ненужному риску, — сухо сказал он, глядя на образовавшуюся гору покупок на полу в коридоре.

Сияющая Ольга усиленно закивала головой.

— И кстати, — уже обернувшись в дверях, неуверенно сказал он, — когда именно вы ждёте ребёнка?

— В конце февраля, — тут же с готовностью защебетала Ольга, — если всё будет в порядке. Но если, как сказал доктор, я не уберегусь от всяких там простуд и тому подобных вещей, то уже через два месяца это может вполне случится. Ещё он сказал не волноваться, так как сейчас и семимесячных без труда выхаживают.

— Берегите себя! — коротко бросил Андрей и вышел за дверь.

Уже дома, сидя за столом и глядя на груду оплаченных накануне чеков, вспоминая при этом соответствующую гору покупок, он подумал о том, что если ребёнок действительно появится через два месяца, то уже самому младенцу нечего будет одеть. А может быть, Ольга об этом сегодня и позаботилась, и тогда это несколько оправдывает потраченную сумму? Он сосредоточенно потёр лоб кулаком, пытаясь вспомнить. Нет, кажется, среди бутиков не было ни одного с детской одеждой. Андрей тут же набрал её номер телефона.

— Оля, скажите, Вы покупали сегодня что-нибудь и для ребёнка?

— Андрей Петрович! Там же не было детских отделов! — засмеялась в ответ она.

— В таком случае в следующую субботу готовьтесь: мы поедем за покупками для малыша.

— Хорошо, Андрей Петрович, как скажете! — удовлетворённо выдохнула в трубку Ольга и тут же спохватилась. — Нет-нет, ни в коем случае нельзя! — перед глазами возникло лицо Марины в день отъезда из её квартиры, и сразу вспомнился их не слишком приятный разговор. — Андрей Петрович! Это плохая примета: покупать вещи ещё не родившимся малышам! Никак нельзя!

— Ольга, да бросьте вы! Вы же не из глухой деревни! Ну кто сейчас обращает внимание на приметы?! Когда вы собираетесь бегать по магазинам? Когда у вас младенец голый будет на груди орать, что ли?

— Андрей Петрович, ну вы купите, когда я в роддоме лежать с ребёнком буду. Или подругу попрошу. Будет ещё время!

— Ладно уж, если ты такая суеверная, — сдался Андрей.

— Да-да! Суеверная! — поспешно согласилась с замечанием Ольга. — И вы уж пообещайте, что до родов ничегошеньки не будете ребёнку покупать!

Андрей положил трубку и надолго задумался о том, насколько сильно гены родителей могут влиять на детей и как в таком случае подобная сомнительная наследственность может отразиться на его собственном ребёнке.

Ольга отошла от телефона. На сердце было тревожно. «Нет, суеверной я, конечно, никогда не была, но раз уж Маринкины слова запали мне в душу, то почему бы и не подстраховаться со всех сторон?..» Она подошла к зеркалу. На неё глядела молодая темноволосая девушка с растеряно-простодушным выражением лица. Ей стало смешно: «Наверное, так я выгляжу каждый раз, когда разговариваю с ним!» Ольга погладила свой округлившийся пятимесячный животик, только совсем недавно резко выдавшийся вперёд. В три месяца срока, когда она уходила из офиса, никто даже не догадывался о том, что она беременна. Никакого токсикоза у неё и в помине не было, но нужно же было как-то воздействовать на бесчувственного директора. Ольга даже подумывала о том, чтобы сделать свой секрет достоянием гласности, а то даже наблюдательная Лидия Михайловна и то ни о чём предположить не могла. Скучно-о-о! Но, поразмыслив, она решила, что это стоит сделать только в том случае, если директор откажется принимать ситуацию такой, какая она есть, и не захочет с ней больше знаться. «А пока что всё идёт очень хорошо, прямо-таки удивительно хорошо! — успокоила она себя. — Зачем лишний шум?»

Оглянувшись на покупки, она почувствовала непреодолимое желание сейчас же всё распаковать и мерить, мерить, мерить... Но всё же пятимесячная беременность сказывалась, и она решила вначале отдохнуть в тёплой ванне. Квартира была новая, эмалированная ванна сверкала чистотой, и Ольга растянулась в блаженстве в воде, в подробностях вспоминая уходящий день.

Сегодняшний день был настоящим её триумфом. Уже в первом же бутике бывалые продавщицы учуяли возможность выгодно и в большом количестве сбыть свой товар и обступили Ольгу как какую-нибудь очень важную персону. Девушка стояла перед зеркалом в шикарном соболином полушубке, с удовольствием осматривая себя со всех сторон, а к ней уже спешили другие продавщицы, поднося новые вещи, от которых просто невозможно было отказаться. Кожаное пальто на утеплителе, отороченное серебристым мехом нерпы, натуральная дублёнка потрясающего матово-малинового цвета, перехваченная на талии поясом и расширяющаяся, словно платье, книзу. А эти сапоги! Они просто удивительно подходили к полушубку: высокие ботфорты с серебряными пряжками на высоком, но крайне устойчивом каблуке были как раз тем, что нужно: заканчивались чуть ниже подола полушубка, сексуально выставляя напоказ неширокую линию бедра, завуалированную тонкими капроновыми колготками (это при условии, конечно, тут же отметила она самой себе, что юбки будут выбираться достаточно короткими).

Уже ко второму бутику Ольга поняла, что Андрей Петрович собирается расплачиваться, не проявляя ни малейшего интереса к тому, за что же именно он отдаёт деньги, и окончательно осмелела. Она всё ещё находилась в отделе с одеждой, а ей уже несли косметику и парфюмы. Ольга только небрежно отдавала указания: «Нет, это мне не подходит! Это уберите! Принесите мне помады персиковых оттенков!» Продавщицы тоже не терялись: «Пудра, которую вы выбрали, хороша только при дневном свете.

Нужно взять обязательно и вечернюю этой же фирмы. Я вам сейчас принесу». Дошло до того, что Ольга прикупила себе даже солнцезащитные очки фирмы Dolce Gabbana и два вечерних платья, что, в общем-то, никак не вписывалось в цель, с которой её сюда привели, — прикупить тёплые вещи на зиму. Да, сегодня она была королевой! Или, точнее, бедной Золушкой, которую превратили в сказочную принцессу. Но теперь так будет всегда! Она всё верно рассчитала. И гарантией тому — вот этот выпуклый животик!

Глава XII

На следующий день, перемерив по три раза все обновки, Ольга стала мучиться новой напастью. Ужасно хотелось поделиться всем произошедшим хоть с кем-то, в конце концов просто по-человечески похвастаться. Победа полна только тогда, когда о ней знают другие. И хотя Ольга никак не могла простить подруге их последний разговор, всё же Марина была единственной, кто бы мог сейчас сгодиться на роль восторженного слушателя. Помня о перевёрнутом распорядке дня стриптизёрш, Ольга решила, что наилучший момент для звонка — где-то около обеда, приблизительно в это время просыпались труженицы ночных заведений. Марина сразу же согласилась навестить затерявшуюся одноклассницу, предупредив только, что рассчитывает на плотный завтрак, иначе ей не успеть вернуться вовремя, если она задержится в каком-нибудь кафе.

— Уф! Ну и забралась ты в даль голубую!.. Столько времени до тебя добираться... А я думала, что совсем уж не позвонишь, скоро без малого год будет, как ты с концами пропала, — затараторила Марина сразу с порога. —

А квартирка-то ничего!.. Получать, что ли, наконец-то хорошо стала?

— Это ты живёшь в дали голубой! А я-то как раз поближе тебя к центру буду! — не спеша насмешливо ответила ей Ольга, не добавив больше ничего.

Так солиднее будет. Пускай помучается в догадках, поинтригуется. Марина и вправду рассматривала всё, пребывая в крайнем удивлении.

— Так я не поняла, ты что же, одна к тому же такую хату снимаешь? Во сколько же она тебе обходится? — и тут в глазах её зажглись весёлые искорки, и её словно осенило: — Или у тебя хахаль богатый завёлся?! А? Давай-ка всё выкладывай!

Марина плюхнулась в белое кожаное кресло и удобно развалилась в нём, явно предчувствуя интересные подробности. Но Ольга не торопилась. Не всё сразу. Пусть сама пофантазирует, может, и догадается, если поднатужится.

— Расскажу-расскажу, только давай вначале пообедаем, ты же сама настаивала на серьёзном перекусе.

И девушка направилась на кухню, приглашая гостью за собой. Марина следовала за ней, внимательно рассматривая всё вокруг, саму Ольгу в том числе.

— Оль! А что-то ты от хорошей, видимо, жизни раздобрела так? Ты ж всегда худая была, а сейчас тебя бы Клеопатра к нам в клуб запросто взяла.

В голове у подруги уже явно начинали складываться какие-то пазлы. Несмотря на последнюю реплику, её слова, по всей очевидности, не являлись комплиментом. Она наморщила лоб, пытаясь сообразить, в чём же тут дело. Оля поправила на себе нежно-сиреневый просторный свитер фирмы Versace и с досадой подумала, что если она сейчас же не объяснит подруге про беременность, та просто-напросто запишет её в неуклюжие колобки.

— Можешь поздравить меня, я жду ребёнка! — тут же пошла тараном она.

— Вот те на!.. — опешила Марина. — Так ты залетела, что ли? Тогда чего поздравлять-то?! Или ты на самом деле созрела, чтобы стать мамашей?

И тут Ольга вылила на голову ошалевшей Марины всю свою историю от начала и до конца в мельчайших подробностях. Гордая тем, что её неправдоподобный, по мнению подруги, план так удачно осуществился, она специально останавливалась на тех местах, где сама была в полном восторге от своей невероятной находчивости. Закончив рассказывать, раскрасневшаяся Ольга победоносно развела руками и заключила:

— Ну вот, а теперь я здесь, в этом уютном гнёздышке, и вчера он скупил мне полмагазина самых брендовых вещей!

Марина сидела с непроницаемым лицом и вдруг совершенно ни к месту спросила:

— А что Вера?..

Ольга недовольно поморщилась. Кому какое дело теперь до Веры! То же мне, нашла что спросить. Ещё подруга называется.

— А с Веры, надо полагать, наконец-то спали розовые очки! — недовольно бросила она, всем своим видом показывая, что не собирается больше ничего обсуждать в этом направлении.

Марина принялась молча копаться в своей сумочке.

— Давай-ка я тебе хоть карты брошу, — с каким-то тяжёлым вздохом сказала она, доставая наконец пачку Таро.

— Вот ещё! — фыркнула Ольга. — С каких это пор ты гадалкой заделалась?

— Так у меня ж отец был наполовину цыган, не знала? Вон у меня и глаз чёрный, и волосы вьются, — безо всякого энтузиазма пояснила Марина, тасуя карты.

— Не припомню что-то, чтобы ты мне об этом раньше говорила. И чтоб гаданиями баловалась, не припомню.

— Так я только недавно и начала. С лёгкой подачи Клеопатры. Это она во мне цыганку разглядела. А вообще-то, наверное, это зов крови. Как бы там ни было, девчонки все довольны, бегают за мной по пятам и хором кричат, что чистую правду им предсказываю. У всех до единой всё сбывается. Сама сейчас убедишься. Карты Таро — это самое верное средство узнать будущее, это уж мне поверь. В Европе-то около тысячи лет как в ходу, а так они ещё древнее. В эти 78 карт зашифрованы тайны! Из Древнего Египта, а может, и ещё откуда. Что-то там про каббалу мне толковали, ещё про чёрную книгу бога Тота, да я не очень-то пока разбираюсь во всех этих оккультных науках. Разложу тебе на жизненную ситуацию. Про отношения между вами и так всё понятно... Тащи отсюда четыре карты, из младших арканов вначале.

Ольга, борясь между чисто женским любопытством и нежеланием показать, что она хоть сколечко верит во всю эту чепуху, нехотя протянула руку. Взглянув на карту, она увидела полустёртое изображение женщины.

— А что ж такие старые? Ничего на них толком не разглядишь! — разочарованно протянула она.

— Не старые, а старинные! — тут же поправила её Марина. — Да я за ними в сам Себеж гоняла. Мне бабка моя их сберегла. От отца остались, а ему — от его матери-цыганки. Вот бабушка их и хранила, да не показывала раньше, потому как не христианским это делом считала. Да ещё к тому же бабка моя по отцовской линии, цыганка которая, померла как-то нехорошо: то ли утопилась, то ли что, несчастная она с русским, то бишь моим дедом, была. Ну... Тут Королева Мечей у тебя. Оно и понятно: поставила перед собой цель и идёшь к ней, не глядя ни на какие препятствия, а уж тем более на желания других людей. Скрытность, хитрость... Тяни дальше!

Ольга вытянула одну за другой ещё четыре карты и уселась поудобнее — слушать так слушать!

— Ого! — воскликнула Марина, переворачивая вторую карту. — Четвёрка Посохов. Вот потому-то у тебя всё так по маслу и пошло! Невероятное везение и преодоление всех препятствий, которые для других людей были бы неразрешимы. Редко кому так везёт! Посмотрим теперь тут. Король Посохов. Снова в точку. Вот он — твой директор ненаглядный. Эта карта обычно указывает на то, что интересующая тебя ситуация зависит от человека, который старше по возрасту, положению или просто жизненному опыту. Покровитель! Самая стабильная карта. Ты была права: с помощью его ты сможешь реализоваться в жизни. Он всегда поможет тебе во всем, хочет он этого сам или нет. Но на любовь его можешь не рассчитывать, — продолжила она, переворачивая четвёртую карту. — Лучше сразу это засунь себе в голову и адекватно принимай ситуацию. Цени то, что есть, потому что давать он тебе будет немало: всё, что попросишь!

— Отчего же? Это разве не рыцарь тут нарисован? А рыцари всегда влюблены и преданы своей даме! — вошла в раж Ольга.

— Да, это Рыцарь Чаш. Но ты меня слушай, а не пытайся растолковывать карты в свою пользу. Теперь тяни одну карту из старших арканов. Время подводить итоги.

— Это мы ещё посмотрим! — пробурчала про себя Ольга и потянулась за последней картой. — Ужас какой-то! Что ещё тут за чушь намалёвана?

На полустёртом изображении виднелся человек, слепо шагающий вперёд и не видящий, что под ногами у него пропасть. Вслед за ним бежал пёс, злобно раздирающий его одежду.

— Безумец! — с суеверным страхом выдохнула Марина. — Груз прошлых ошибок и заблуждений ведёт тебя к пропасти. Но свернуть с пути уже нельзя. Поздно, время принимать решения уже прошло...

Она посмотрела Ольге прямо в глаза и с каким-то пугающим фатальным чувством закончила:

— Судьба поставит тебя в ситуацию, через которую тебе придётся отрабатывать все свои прегрешения, прежде чем ты сможешь начать строить свою жизнь заново...

Загипнотизированная её взглядом, Ольга на несколько минут поверила, что перед ней сидит самая настоящая прорицательница, которой позволено видеть будущее. Затем усилием воли она сбросила с себя оцепенение и убеждённо произнесла:

— Чушь!

Глава XIII

Андрей не мог уснуть всю ночь. Накануне, уже поздним вечером, ему позвонила насмерть перепуганная Ольга и закричала в трубку, что, кажется, она начинает рожать. Андрей тут же примчался к ней через пустынную Москву и повёз в роддом. Правда, после осмотра врач уверил его, что они ещё вполне могут ехать домой и приезжать на следующий день не раньше утра.

— Роды первые, раскрываемость небольшая, в лучшем случае завтра к обеду родит.

Но, глядя на стонущую и беспрерывно охающую Ольгу, Андрей решил настоять, чтобы её всё же отвели в отделение. Чувствуя себя спокойнее, он вернулся домой, но сон не шёл, и он мерил комнату широкими шагами. «Да, нужно ещё, как рассветёт, сразу в детский магазин отправиться. Ползунков-то я накупил, а вот всё остальное из списка, который медсестра дала, нужно ещё приобрести». Андрей действительно не смог удержаться и в семимесячный срок беременности Ольги, втайне от неё, купил умилительно крошечные одёжки для новорождённых. Чтобы не вступать в лишние дискуссии, Ольгу он в свои покупки посвящать не стал.

С трудом дождавшись семи утра, он не удержался и позвонил матери. Мария Васильевна, желая успокоить сына, сама вызвалась помочь ему разобраться со списком необходимых вещей. Видя его возбуждённое состояние, она не стала заводить никаких серьёзных разговоров, но строго предупредила:

— Мы должны управиться до полудня. Сегодня к нам придёт Верочка на обед.

— Вера... — рассеянно повторил Андрей.

Но тут же переживания о том, всё ли он успеет подготовить к рождению сына, снова нахлынули на него, и он больше не мог думать ни о чём другом.

Впрочем, опыта Марии Васильевны вполне хватило на то, чтобы они сумели справиться со всем необходимым за пару часов. Коляску, ванночку и другие вещи не к спеху, решено было оставить в родительском доме на время, поскольку Андрей и так и этак отвозил мать домой, а из-за пробок не хотел заезжать на Пресненскую набережную. Выгрузив часть вещей, он тут же отправился в роддом.

Вера оторвала тяжёлую голову от подушки. Бессонница прочно захватила её в свои когти, и в последнее время засыпала она обычно только к утру, несмотря ни на какие снотворные. За оконной занавеской просвечивался зимний хмурый день. Медленно падал негустой мокрый снег. Вера с трудом заставила себя подняться с кровати.

Свинец, словно наполнявший её голову, отозвался болезненным гулом.

«Сегодня я должна, — напомнила она самой себе. — Они будут меня ждать. Я обещала». Стараясь не делать резких движений, она медленно направилась в ванную. Доктор сказал, что контрастный душ придаст ей бодрости. Вера, зажмурив глаза, открыла холодный кран. В следующую секунду она изо всех сил крутанула рожок с горячей водой. Дрожа от холода, она принялась растираться. Всё, что она делала, вызывало внутри чувство глухого сопротивления. Хотелось просто оставаться в кровати, ни о чем не думая, как вчера, как позавчера... На полке у зеркала стояли в ряд пять-шесть лекарственных пузырьков. Вера взяла один из них и по привычке отсыпала несколько таблеток себе в ладонь. Никчёмные пилюли приносили облегчение всё меньше и меньше. Проглотив их, даже не запивая, она стала медленно расчёсывать свои светлые вьющиеся волосы. Андрей так любил играть колечками её локонов. Перед внутренним взором тут же возник образ любимого человека. Невидящим взглядом она уставилась в зеркало на своё бледное, с темными кругами под глазами, отражение, видя в нем обнимающего её мужа. «Неужели это всё?.. Неужели всё, что мне осталось, — всего лишь эти жалкие галлюцинации?.. Неужели он никогда не вернётся?» Она бессильно опустилась на край ванны и тихо заплакала. Слёзы лились скупо, как вода из высохшего колодца. Эмоций тоже уже оставалось мало. Месяцы, разделявшие её от того несчастливого дня, так резко изменившего её жизнь, казалось, полностью истощили её слабый организм.

В коридоре зазвонил телефон. Вера встрепенулась: должно быть, звонила Мария Васильевна. Слава богу, родители Андрея по-прежнему продолжали относиться к ней, как к своей невестке. Так же, как и раньше приглашали её на воскресные обеды. Только теперь уже одну. Андрея там никогда не было. Наверное, только эти обеды и поддерживали её силы, давая подсознательную надежду на что-то хорошее, что ещё может произойти, — на что-то, что вернёт ей её исчезнувшее счастье. Каждый раз, когда они садились за большой полукруглый стол, накрытый дорогой и вышитой золотыми нитями шёлковой скатертью, Вера испытывала иллюзию, что сейчас, через минуту, в комнату войдёт Андрей.

...Вера достала из шкафа тонкое шерстяное серое платье с оторочкой из чёрного лебединого пуха на воротнике. Оно была строгим, но исключительно элегантным. В качестве единственного украшения она прикрепила серебряную, с прозрачным опалом, брошь в виде стрекозы. Уже выходя из квартиры, она бросила ещё раз взгляд на своё отражение в зеркале и тут же, спохватившись, метнулась к трюмо за румянами. Выглядеть совсем уж привидением было нельзя. Мария Васильевна и так сильно тревожилась за неё.

Войдя в квартиру свёкров, Вера сразу почувствовала некое успокоение. Что-то из её разбившегося мира всё же оставалось таким, как прежде.

Кажется, в этот раз Мария Васильевна суетилась больше обычного.

— Верочка! Родная моя! Здравствуй, милая! Ты проходи пока, а я сейчас, сейчас...

Вера сняла верхнюю одежду в коридоре и не спеша осмотрелась. Двери во все комнаты, за исключением комнаты Андрея, были открыты настежь.

Видно было, что стол в зале был не накрыт. Свёрнутая вчетверо скатерть лежала рядом на стуле. «В первый раз Мария Васильевна не управилась вовремя за столько лет, что я её знаю... — с улыбкой подумала Вера. — Надо пойти на кухню и помочь ей».

Но что-то заставляло её оставаться на месте. Закрытая дверь детской спальни манила к себе. Вера в мельчайших деталях знала всю её наизусть. Знала каждую фотографию из множества расклеенных по стенам. Почти все из них они выбирали с Андреем вместе. Им всегда казалось чемто забавным и в то же время фатальным всё, что касалось истории их отношений. Одна из фотографий — чёрно-белая — запечатлела двух молодых женщин, качающих в колясках месячных малышей. Это был их самый любимый снимок: каждый из них лежал, словно запеленованная куколка, в своей колыбельке, не зная ещё толком о существовании другого. Дальше по порядку находились фотографии из детского садика, школы, студии бальных танцев. Вся их жизнь до свадьбы читалась на них. Вере остро захотелось снова окунуться в своё счастливое прошлое. Ей хотелось этого каждый раз, когда она бывала здесь. Но произнести это вслух было как-то неловко, и Вера уходила с воскресных обедов, унося своё тайное желание с собой. Но сейчас... Сейчас ей представился этот шанс, Мария Васильевна была слишком занята на кухне. Вера тихонько подошла к закрытой двери и толкнула её. Так и не сделав больше ни шага, она застыла на пороге. Сознание не сразу приняло то, что так ошеломило её. Посреди комнаты лежали вещи, которых никогда там раньше пс было. Среди них ярко-оранжевыми красками выделялась детская коляска. Вера беспомощно оглянулась вокруг. Взгляд напрасно пытался зацепиться за столь родные ей фотографии, призывая их подтвердить, что она здесь своя, что она здесь находится по праву. Ядовитый цвет манго кричал ей об обратном. Чужая, чужая, ты здесь уже давно чужая!..

— Верочка! — откуда-то из другого мира позвал голос Марии Васильевны. Вера покачнулась и с трудом потянула дверь на себя, словно та была из чугунного литья. Всё тело охватила ужасающая тяжесть.

— Верочка! Тебе нехорошо?! — Мария Васильевна выходила с подносом из кухни. — Милая моя, пойдём присядешь!

Оставив поднос, она нежно взяла девушку за плечи и повела на диван в зале.

— Простите меня… — чуть слышно прошептала Вера. — Мне нужно идти. Пора…

— Да что ты такое говоришь, моя девочка! Никуда я тебя не отпущу в таком состоянии. Может, скорую вызвать, а? Сердце, сердце как?

— Всё в порядке… Совсем не болит… Не чувствую его…

Сердце как будто куда-то провалилось, оставалась только тяжесть и пустота.

Вера не помнила, как она досидела до конца обеда, как прощалась с Марией Васильевной, как пришла в свою пустую квартиру. Время исчезло навсегда, и теперь она навечно оставалась в том самом моменте, когда, пытаясь душевно согреться, отворила злосчастную дверь. Перед глазами, не исчезая, стояла картинка того, что она там увидела. «Я не вправе никого винить. Она — мать, любящая своего сына… Она хочет внуков, он — детей… Почему эти люди должны страдать, связывая свою жизнь с пустой смоковницей, нелепой пародией на женщину? Сама суть женского существования — в рождении детей. А я? Что я могу ему дать? Только лишь горькую уверенность в том, что его род закончится на нём самом!.. Я даже не имею права пожаловаться, как любая другая нормальная женщина, которой изменили. Быть верной мне — это всё равно что добровольно разделить участь с пожизненно заключённым!»

Вера подошла к окну и уткнулась пылающим лбом в холодное стекло. «Это так естественно для мужчин — желать ребёнка... А он! Он может их иметь! Радость сознания того, что ты прожил жизнь не зря, что ты подарил жизнь кому-то другому. И этот другой — маленькая частичка тебя самого. Видеть, как это маленькое чудо вырастает, становится твоим собственным продолжением. Нет! Я не вправе его винить! Он поступил совершенно правильно».

Вера легла на кровать и скрутилась комочком. «Для чего же я здесь? И сколько ещё это может тянуться? Я прожила счастливую жизнь. Наверное, слишком счастливую. Не многим выпадает на долю столько хорошего. Я познала любовь самого лучшего мужчины на земле. Видимо, я уже израсходовала всё своё счастье, отмеренное мне судьбой... И... И всё же у меня осталась от него ещё одна последняя капля — возможность закончить всё прямо здесь и сейчас... Это тоже по-своему счастье!..»

От этой внезапно оформившейся мысли стало спокойно на душе. Вера резко села на кровати. «Да, да, да... Уснуть, наконец-то уснуть...» Торопясь, как будто кто-то или что-то может её остановить, она вошла в ванную и сгребла в охапку все пузырьки с таблетками. Наполнив стакан до краешка водой, она стала проглатывать таблетки одну за другой, запивая каждую одним единственным глотком.

Глава XIV

Андрея распирали сильные и совершенно незнакомые доселе чувства. Гордость. Гордость за отцовство! Маленький Даниил, завёрнутый в одеяло, лежал у него на руках и мирно сопел. Ольга побежала куда-то улаживать последние детали касательно своей выписки. Учитывая то, что выписывалась она раньше времени по своему сильнейшему настоянию, дело было не совсем формальным. Девушка устроила истерический скандал по поводу невыносимых для неё условий: мол, ни есть, ни спать, ни толком помыться она здесь не может! После состоявшихся и довольно благополучных родов она почувствовала себя настоящей страдалицей, так как за время осуществления своего гениального плана ни разу не задумалась о родовых муках. Оле как-то просто не приходило в голову, через что она должна будет пройти, для того чтобы на свете появилась её «волшебная палочка». И теперь — после длительного физического страдания — она, казалось, ещё сильнее ненавидела всех и вся. «У других в жизни всё так просто, а мне вечно мучиться, чтобы чего-то добиться...»

Теперь судьба задолжала ей вдвойне.

Но особо удерживать её тоже не стали, так как в феврале наблюдался неожиданный приток рожениц.

Чтобы получить последние подписи, уже вконец разозлившуюся Ольгу отправляли из одного места в другое: то к старшей медсестре, то к заведующему, которого нигде невозможно было найти.

— Он был здесь буквально пять минут назад, но его срочно вызвали в терапевтическое отделение. Вы можете пойти по подземному коридору — вмиг догоните его.

Ольга спустилась на лифте на цокольный этаж и очутилась в, мягко сказать, не очень приятном месте. Переход из одного корпуса в другой был не слишком широким, с низким потолком и слабым освещением. По обе стены проходили нескончаемые трубы. «Ещё и по катакомбам каким-то лазить заставляют!» — в сердцах подумала она. В пять минут догнать заведующего никак не удалось. «Да тут часами можно плутать! Никаких опознавательных знаков!» С помощью объяснений редко попадавшихся на её пути медицинских работников она наконец-то выбралась в терапевтическое отделение, где узнала, что заведующий уже отправился в реанимацию.

— Но вам туда нельзя! Придётся обождать здесь! — поспешно заверила её медсестра, после того как в подробностях рассказала, где тот находится.

Ольга её не слушала. Пролетев стремглав мимо поста, она увидела, как в одну из палат ввозят молодую женщину. Что-то знакомое почудилось ей в бледной маске безжизненного лица. Вокруг больной сразу засуетилось несколько сосредоточенных людей в белых халатах, не обращая на Ольгу особого внимания.

— Шансов мало! Попытка суицида. Сильное отравление транквилизаторами. Сердце не выдержит, — сказал один из них, проделывая над больной какие-то манипуляции.

— Да уж, при её кардиограмме... Другая бы выкарабкалась... Желудок уже промыли... Доктора Сороку пригласили? Он, кажется, ей родственником приходится? — одновременно заговорили все присутствующие.

— Я здесь, — ответил высокий худой врач, в котором Ольга узнала заведующего роддомом. — У неё с детства стеноз устья лёгочной артерии. Нужно срочно облегчить работу сердца!

— Не волнуйтесь, делаем всё возможное... А сердце... Давно уже нужно было прооперировать бедную девочку! Не знаете, какие препараты ей назначались для лечения?

Ольга вздохнула и развернулась, чтобы выйти. Сейчас с ней никто разговаривать бы не стал. Позади ещё доносились голоса.

— Понимаете... Стеноз был умеренный... Поэтому и не шли на операцию, — оправдался кто-то, — да и опасность при операции тоже присутствовала... А препараты... Кажется, Вере назначали...

Ольга резко развернулась и впилась взглядом в белое лицо. «Как мы меняемся, когда умираем... — холодно подумала она, вздрогнув. — Интересно, Андрей уже знает?»

Глава XV

Младенец мирно спал в маленькой колыбельке и тихо посапывал. Ольга критично осматривала себя в зеркало. Через месяц после родов живот уже подобрался, но кожа больше не казалась такой упругой, как прежде. Девушка хмурила брови и бросала недовольные взгляды в сторону кроватки. «Может, сразу пластика?.. Или всё же что-нибудь из косметологии? Массаж какой-нибудь», — бродили мысли в её голове. Да, пора было заняться собой. Пришло время насладиться плодами своего наполеоновского плана. Итак, Андрей был полностью в её руках, а также зароком того, что жизнь её отныне будет лёгкой и беззаботной. Он же и предложил нанять няню, что сразу показалось Ольге крайне привлекательным. Но, поразмыслив чуть-чуть, она решила всё же отказаться. Всё должно оставаться под её собственным контролем. По крайней мере, ещё на некоторое время. Ребёнок был спокойным, просыпался, только чтобы поесть. Девушка вполне справлялась и сама. Правда, из-за необходимости всё время быть с младенцем слишком много часов она была вынуждена проводить дома. Но и на сей счёт у неё уже созрели кое-какие идеи.

Через полчаса должен был приехать Андрей. Он посещал их каждый день после работы. После появления ребёнка его отношение к ней стало гораздо теплее, никаких холодных «вы» и отстранённого высокомерного тона бывшего работодателя. Теперь у неё был весомый статус: она была матерью его ребёнка. Красуясь перед зеркалом, девушка распустила волосы и принялась подкрашивать лицо. Раздался звонок в дверь, и Ольга пошла открывать. На пороге стоял радостно возбуждённый Андрей с очередной погремушкой в руках.

— Боже, Оля! Он опять спит! Может быть, это ненормально? — тут же заволновался он, встреченный полной тишиной.

— Младенцам положено спать по много часов в сутки, — нравоучительно ответила Ольга, кокетливо поправляя волосы. — А ты что, хотел бы, чтобы он мне тут с утра до вечера орал?

— Нет, но... — переходя на шёпот и приближаясь к кроватке, сказал новоиспечённый папа. — Но мне бы хотелось всё же с ним почаще играть.

Андрей наклонился над сыном и залюбовался его светлыми колечками волос, нежно-розовыми щёчками и крошечными ноготками. Уже не в первый раз на него нахлынуло странное чувство, что это ребёнок Веры. Наверное, цвет волос был тому виной. Он и Ольга были брюнетами, и только у Веры были такие же светлые шёлковые завитушки. Некие смутные мысли спутанно бродили в его голове. «Что, если всё-таки попробовать уговорить её...» — не оформившиеся до конца раздумья были прерваны на середине.

— Тогда ты вполне бы мог перебраться к нам навсегда, — промурлыкала Ольга за его спиной. Андрей вздрогнул, как от прикосновения к холодному железу, когда она обняла его и прижалась к нему всем телом. Мужчина отстранился. Образ Веры все ещё стоял у него перед глазами, и он рассеянно пробормотал:

— Нет, это невозможно...

Ольга зло посмотрела на него и резко вышла из комнаты.

— Да, и, между прочим, мне понадобится машина! С водителем! — крикнула она ему через несколько минут. Андрей погладил малыша по головке и вышел следом за ней.

— Зачем?

— А затем, что долго я ещё должна жить, как в тюремном заключении? — с вызовом бросила девушка.

— Но я же давно уже предлагал тебе взять няню, тогда ты не будешь привязана к Даниилу двадцать четыре часа в сутки.

— Я сама знаю, что мне делать! — жёстко ответила Ольга. — Завтра же пришли ко мне водителя в полное моё распоряжение! Найми кого-нибудь с автомобилем на полный рабочий день.

Через несколько дней, сидя на заднем сидении машины и глядя в зеркало на лобовом стекле, в котором отражалось молодое привлекательное лицо шофёра, Ольга презрительно подумала: «Господи! Совсем не соображает, что делает. То ли ему настолько безразлично, что ему наставят рога, то ли сам мне предлагает в виде развлечения воспользоваться удобной ситуацией...»

Глава XVI

— Мне нужны деньги!

Они сидели в комнате, почти не разговаривая, так как Андрей полностью растворился в нежных отцовских эмоциях. Всё его внимание было сосредоточено на любимом сыне. Мужчина на секунду оторвал взгляд от лежащего на его коленях малыша, который уже силился агукать, и удивлённо произнёс:

— Я же тебе оставлял на днях. Должно хватить до конца месяца.

— На что хватить? — насмешливо хмыкнула девушка. — На детское питание и памперсы? Мне бы уже пора заняться и своим здоровьем!

— А что с тобой? Ты плохо себя чувствуешь?

— Нормально я себя чувствую! — грубо ответила Ольга. — Мне себя нужно привести в порядок после родов! Имею право? — с вызовом напирала она.

— Ах, вот ты про каких врачей говоришь! — рассмеялся Андрей и продолжил с добрым укором: — Оля! Ты же молоденькая девочка! Тебе совсем необязательно...

— Я не собираюсь вступать с тобой ни в какие дебаты и тем более спрашивать твоих советов! — резко оборвала она его. — Если не дашь мне деньги, можешь завтра не приходить: дверь не открою!

С лица Андрея медленно сползла улыбка.

— Как ты изменилась, девочка, — тихо сказал он.

— Изменилась, не изменилась, а если хочешь видеть сына, то придётся раскошеливаться!

— Оля! Зачем ты так?.. Ты же не была такой чёрствой!

Оля вскочила с кресла и злобно выкрикнула ему в лицо:

— Сам виноват! Был бы нормальный мужик, давно бы уже думать бросил про свою бесплодную непутёвую дуру! Я тебе ребёнка родила! Я! Но раз ты не хочешь по-хорошему, тогда будет по-плохому. Или ты думаешь, что я тебе суррогатная мамаша? Тогда плати, как полагается!

Андрей медленно поднялся, держа на руках ребёнка.

— Я дам тебе столько, сколько тебе нужно, — тихим, но твёрдым голосом ответил он, — но больше не смей устраивать истерических криков перед моим сыном.

— Он и мой сын, между прочим, — успокаиваясь, но все ещё раздражённо буркнула Ольга, — и всегда будет в первую очередь моим!

Вечером её охватило неимоверное одиночество. «Наверное, так чувствовал себя Наполеон, захватив очередное государство», — с грустным юмором постаралась утешить себя она. «Почему в двадцать лет я должна каждую ночь оставаться одна? Ну кто бы мог подумать, что он настолько ненормальный?..» Да, он был полностью в её руках. Как собачка на поводке. Привязан на всю жизнь. Делал всё, о чём она его просила. Но как было заставить эту собачку лизать ей руки, быть рядом с ней? С ней! А не только с ребёнком! Хотелось мужского присутствия в доме, в постели. Ольга вздохнула.

Те двое, с которыми она общалась ежедневно, не заполняли эту брешь. Алексей был ужасно приятный молодой человек, с ним можно было развеять скуку, весело поболтать. Каждый день он возил её по магазинам, бутикам, косметологическим салонам. Беспрекословно ждал с коляской у дверей. Уже не в первый раз мелькали шаловливые мысли в её голове при виде его крепкой фигуры и симпатичного лица. Но всё ещё оставалась призрачная надежда на то, что Андрей всё-таки захочет узаконить их отношения. Хотя бы и ради обожаемого сыночка! Впрочем, какие там отношения... Та единственная и столь плодотворная ночь оставалась единственным их общим прошлым. Ольгу всё больше и больше злило, что Андрей так и ни разу не посмотрел на неё как на женщину. Да, они больше не были чужими. Виделись ежедневно. Но как ни старалась Ольга время от времени опутать его своими чарами и заставить остаться на ночь, ничего не удавалось. Злость переплеталась с разочарованием и желанием отомстить.

После долгих дум Ольга поднялась с дивана, неуверенным движением взяла телефон. «Плевать!» — и, уже больше не сомневаясь, она набрала номер Алексея.

Дни полетели веселее. Ольга снова почувствовала, что она хозяйка своей жизни. Никогда нельзя найти всё в одном человеке. Это только наивные дурочки ждут своих принцев, в которых они надеются найти полную эссенцию своих идеалов. Всё правильно: один пусть платит, другой — развлекает. В общем и целом жизнь наполнена. Двусмысленность ситуации вызывала в ней смех и хорошее настроение, что благотворно сказывалось на её поведении в присутствии Андрея. Комплекс отвергнутости уже не так действовал ей на нервы, и Ольга была само спокойствие и очарование. Иногда ей даже казалось, что именно сейчас, когда она ему неверна, у них, может, что-нибудь и склеится. Столь щепетильные типы вроде Андрея всегда ждут от людей абсолютной вежливости, что бы ни происходило в их жизни. Они даже страдать готовы по всем правилам этикета. Ну что ж, теперь Ольга была сама тактичность и благовоспитанность. Андрей воспринимал её поведение как нечто само собой разумеющееся и, казалось, думать забыл про прошлые неприятные инциденты.

Весна была в самом разгаре! Тёплый и наполненный ароматами цветения майский ветерок приятно ласкал кожу. Ольга прогуливалась с коляской в парке, куда через четверть часа должен был заехать за ней Алексей. Девушка присела на скамью, с удовольствием распрямляя складки нового короткого плаща от «Армани» цвета зрелой гуавы.

Забросив ногу на ногу, она игриво покачала экстравагантным коротким сапожком, заставляя поблёскивать металлическую шпильку в лучах полуденного солнца. Она наслаждалась видом всех новых вещей, что были на ней либо окружали её. Казалось, это чувство новизны не может никогда надоесть, и всё же... Вот рядом лежит её прелестнейшая сумочка со стразами. С другой стороны — зонтик-тросточка. Жмурясь, как кошка, от тёплых лучей, она не спеша принялась обдумывать свои ближайшие дела. Парикмахерские, салоны, бутики — это всё, конечно, было очень хорошо. Но не пора ли уже подумать о чём-нибудь более солидном? Например, сделать маммопластику. Или махнуть куда-нибудь за границу. Или... Чья-то тень загородила ей солнце, и через мгновение она почувствовала страстный поцелуй на своих губах.

— Алёшка! — от неожиданности взвизгнула она.

— Спокойно! Не разбуди ребёнка! Нам ещё понадобится часок свободного времени, — неторопливо сказал парень, подтягивая её к себе со скамьи. — Пошли быстрее домой, а то скоро Карабас-Барабас придёт...

...Закрывая за Алексеем дверь, Оля обеспокоенно бросила взгляд на часы. Вот-вот должен был прийти Андрей. «Только бы они не столкнулись в подъезде!» — подумала она и принялась приводить себя в порядок. Впрочем, в таких делах ей всегда везло. Вот уже столько недель всё шло как по маслу. Даже если и оставались какие-то следы после ухода Лёши, Андрей из-за своего равнодушия к ней начисто их не замечал. Интриги ей всегда удавались на ура.

К радости Андрея, маленький Даниил проснулся как раз к его приходу.

— Сейчас-сейчас! — с нежностью торопливо сказал он малышу. — Папа только руки вымоет!

И он быстро направился в ванную. Вернувшись, он тут же посадил сына себе на колени и, не отрывая от него взгляда, негромко и монотонно проговорил:

— Плохо, что Алексей пользуется таким резким дезодорантом. Для ребёнка это не рекомендуется, да и тебе с твоей астмой нужно быть поаккуратней.

Ольга застыла на месте и в недоумении захлопала ресницами.

— Ты это о чём? — осторожно спросила она.

Андрей медленно повернул к ней лицо и, глядя ей в глаза по-отцовски заботливо, деликатно сказал:

— Оля. Я всё понимаю. Алексей, возможно, хороший парень...

— Ты что же, всё знаешь?! — не выдержав этой вежливой тягомотины, вскричала девушка.

— Разумеется, я не вправе вмешиваться в твою личную жизнь и указывать тебе, с кем встречаться, а с кем нет... — заторопился объясниться Андрей.

В ответ ему донёсся только нечленораздельный звук, больше всего напоминающий рычание, и Ольга в диком исступлении выбежала из комнаты. «Ненавижу!..» — снова и снова повторяла она. Закрывшись в соседней комнате на ключ, она так и не вышла из неё, пока не услышала звук закрывающейся входной двери.

«Значит, всё, — пытаясь успокоиться, она обхватила двумя руками своё трясущееся от негодования тело. —

Он никогда не сделает этого... Теперь это просто очевидно. Тем лучше. Больше не придётся с ним церемониться, притворяться и играть паиньку...»

Ольге стало нестерпимо жалко себя, и она снова начала сотрясаться от злых душащих её слёз.

На следующий день она взяла себя в руки. Женится он на ней или нет — в любом случае она была решительно настроена получить всё от жизни сполна. В тот же вечер она объявила, что ей нужно обязательно уехать куда-нибудь на отдых, если он не хочет, чтобы у неё началась послеродовая депрессия.

На то, чтобы убедить Андрея, что она вполне может отправиться в путешествие на пару недель одна с ребёнком, на выборы путёвки в туристическом агентстве (она никак не могла определиться с направлением), на подготовку загранпаспорта себе и сыну ушло целых два месяца.

По дороге в аэропорт Домодедово Ольга чувствовала себя совершенно взвинченной, то ли от близости долгожданного события, то ли от накануне пережитой ссоры. В последний день перед отъездом в пылу сборов она была чересчур несдержанна на язык. Андрей до последнего пытался неоткрыто отговорить её от поездки и каждые пять минут приводил всякие немыслимые аргументы. Ольга грубо обрубала его на корню.

В какой-то момент, взывая к её лучшим чувствам, он укоризненно проговорил: «Оля! Что с тобой? Ещё меньше года назад ты была совершенно другим человеком! Доброй и наивной девочкой! Откуда столько эгоизма и меркантильности? Ты всё меришь деньгами...» Ольга прервала его нотацию приступом истерического хохота. Глядя ему в глаза, она презрительно выкрикнула: «Это каким же надо быть дураком, чтобы до сих пор ничего не понять?! Да всё, всё это было спланировано! Мною спланировано! Неужели непонятно?!» Сквозь слёзы от неутихающего смеха она видела, как лицо Андрея медленно покрывается мертвенной бледностью.

Правда, сейчас, сидя в машине, она несколько раскаивалась в том, что дала волю эмоциям. «Да, вчера он был определенно в шоке, — думала она, искоса поглядывая на молча ведущего машину Андрея, — но, кажется, ничего... И это проглотит».

Глава XVII

Море Ольга видела второй раз в своей жизни. Но оно было совершенно другим, далеко не похожим на море из её детских воспоминаний. Она помнила тёмную массу воды, то и дело выбрасывающую на берег из крупной гальки слизких разлезлых медуз... Волны Средиземного моря казались абсолютно лазоревыми, а вблизи прозрачными, так что можно было с лёгкостью разглядывать дно и коралловые рифы. Они как будто звали к себе, манили в свою волшебную прохладу.

Как и обещало агентство, её встретили прямо в аэропорту кипрского города Пафос и сопроводили в микроавтобус, который довёз её до самой гостиницы «Резорт Азия Спа» в Киссонерге. Весь рейс Даниил спокойно спал, не обращая внимания на гул самолёта и беспрестанный рёв нескольких других малышей, находившихся в салоне. Ольга с чувством превосходства поглядывала на нервозных измученных мамаш, которые безрезультатно пытались завлечь свои чада хоть чем-нибудь.

В отеле она устроилась со всеми удобствами. Детская кроватка, высокий стульчик, даже пеленальный столик —

всё это ей было предоставлено в номер, так что проблем по уходу за ребёнком не предполагалось никаких. Ольга в приятном возбуждении смотрела во все стороны. Впервые в жизни оказавшись в пятизвёздочном отеле, она считала всё исключительно шикарным, как это часто бывает с людьми, впервые выехавшими за границу. Они как будто всё видят через призму экстаза. Чувство, которое, впрочем, быстро улетучивается во все последующие приезды. И тогда уже многоопытный турист придирается ко всем и ко всему: песок на пляжах недостаточно бел, здания, прилегающие к отелю, недостаточно ухожены, официанты в ресторанах недостаточно расторопны...

Ольга заворожённо глядела вниз с балкона на голубое озеро бассейна забавной неправильной формы. Его голубизна отделялась от синевы моря только достаточно широкой полосой зелёного газона, на котором под пальмами были расставлены лежаки. От нахлынувшего восторга даже жара не ощущалась так сильно, и Ольга, наверное, могла бы ещё долго так простоять, но из комнаты донёсся плач проснувшегося и проголодавшегося Даниила. «Ах! Нельзя терять ни дня!» — весело засмеялась она и побежала по-быстрому накормить малыша и собрать пляжную сумку.

...Посомневавшись немного, оставаться ли ей на бассейне, Ольга всё же двинулась к морю. Песок застревал в колёсах коляски, и ей пришлось приложить немало усилий, чтобы наконец-то добраться до ближайшего к воде лежака.

— Мамочка! Ну что же вы такого маленького в жару таскаете? Жалко его ведь, — раздался рядом чей-то женский голос.

Ольга метнула нахмуренный взгляд в сторону своей русской соседки, возлегающей на лежаке рядом. «Если ещё хоть слово промолвит, я ей быстро закрою рот!» — раздражённо подумала она. Но соседка словно учуяла, что очередные комментарии могут вылиться ей в испорченное настроение, и не сказала больше ни слова. Ольга и сама уже поняла свой немалый недочёт: плавать и загорать, таская за собой коляску с ребёнком, просто невозможно. Завтра же она должна решить этот вопрос. Интересно, насколько легко здесь можно найти няню?

Ужасно хотелось зайти в воду. Зонтик хоть и давал спасительную тень, но всё же не мог полностью защитить от жаркого солнца и удушающей жары. Ольга маялась на лежаке и страшно завидовала своей соседке, которая с раздражающей пунктуальностью заходила в море каждые двадцать минут. Конечно, можно было попросить её минут на пять приглядеть за малышом и пойти быстренько окунуться, но успевшая уже образоваться враждебная атмосфера и чувство предубеждения не давали ей этого сделать. Промучившись часа два, она поняла, что больше выдержать не может. Даниил тоже всё время хныкал и порывался реветь, что было для него совершенно нетипично. Но уходить с пляжа категорически не хотелось. Со вздохом девушка наклонилась к коляске, вытащила оттуда сына и, измученная жарой, поплелась к воде.

Волны обдали её горячую кожу приятным холодком. Они весело вздымались высокими гребнями и бурлили пеной, разбиваясь о камни. Ветер, усилившийся во второй половине дня, теперь, когда она уже была наполовину мокрая, ощущался гораздо сильнее. Контраст ощущений от холодной воды, леденящей её разгорячённое тело, и порывов ветра, охлаждающих влажную кожу, вызывали в ней чувство какого-то бешеного восторга, и, не обращая внимания на крики и плач Даниила, она двигалась вперёд. С каждым шагом очередная волна врезалась всё выше в тело с такой силой, что заставляла покачиваться на месте, разбрызгивая вокруг брызги воды. В какой-то момент её обдало водой до груди и полностью намочило ребёнка. Мальчик испуганно заплакал ещё громче. Ольга попыталась поднять его повыше, но мокрые руки скользили и не давали высоко удерживать его на весу. Повернувшись спиной, чтобы брызги не так сильно попадали ей в лицо, она постаралась приловчиться и взять его поудобнее. В следующее мгновение новая волна с невероятной силой толкнула её, и что-то мягкое накрыло её с головой, перекрывая дыхание. С ужасом она почувствовала, как ребёнок выскальзывает из её рук. Откашливая хлынувшую в нос и рот воду, Ольга в панике попыталась протереть глаза, раздражённые солёной водой, чтобы хоть что-нибудь рассмотреть и сориентироваться.

Начинался прилив. Огромные вздымающиеся волны, подгоняемые сильным ветром, накрывали её с головой одна за другой, заставляя отступить на несколько шагов ближе к берегу. В этом бешеном ритме прозрачная вода становилась тёмно-зелёной и пенистой, и Ольга беспомощно шарила руками вокруг себя. Вот на секунду она различила розовое тельце, мелькнувшее в воде, но следующая волна скрыла его из виду. Отчаявшись, Ольга принялась в панике звать на помощь. Где-то в уголке её обезумевшего от ужаса мозга мелькнула мысль о полной тщетности криков, ещё больше усиливая животный страх, парализовавший всё её существо. Ольга металась из стороны в сторону, шум прибоя перекрывал её бесполезные вопли о помощи на русском языке. Да и понять её могла, в сущности, только та самая русская соседка... Но она действительно поняла! Крича во все стороны что-то на греческом и английском, женщина в мгновение ока подняла на ноги весь пляж. Через минуту в воде уже была дюжина мужчин. Они ныряли и обшаривали дно. Ещё через пару минут в руках одного из них появилось безжизненное маленькое тельце. Со стороны отеля уже бежали парамедики оказывать первую помощь...

Глава XVIII

Первые лучи солнца скользнули по гребням холмов, и небо окрасилось в нежно-розовый цвет. Ранние, едва проснувшиеся птицы дружно защебетали вокруг, наполняя окружающее пространство звенящим колокольным переливом. Воздух, ещё не раскалившийся от дневного зноя, казался прозрачно-хрустальным в своей свежести. На высоком холме, откуда хорошо виднелось море, располагалась одинокая красивая вилла, вся оплетённая бардовыми и белыми бугенвиллеями. На веранду второго этажа, обращённую в сторону моря, неспешно вышел старик. В одной руке он держал газету, в другой — дымящуюся чашечку чёрного кофе. Расположившись с удобством за небольшим плетёным столиком, он долго и пристально глядел на сияющую вдали синеву, прежде чем сделать первый глоток. Морщинистое лицо его отображало то незыблемое спокойствие, которое может являться лишь следствием мудрости, накопленной за десятки прожитых лет. Затем он надолго углубился в чтение.

Прошло часа полтора, прежде чем он наконец взглянул на часы и поднялся со своего места. В глубине дома послышались едва различимые звуки. Войдя через стеклянную дверь вовнутрь, старик бодро задвигался по кухне. Привычным движением он разбил на шипящую сковородку четыре яйца и бросил туда же пару сосисок. Распределив готовый завтрак по двум тарелкам, он снова вышел на веранду и принялся расставлять всё на столе. Следом за ним показалась маленькая сморщенная старушка с одуванчиком белых волос на голове и выцветшими голубыми глазами.

— Доброе утро, Эмма! — не поворачиваясь, сказал по-английски старик, продолжая сервировать стол. — Я всё же был прав, когда говорил тебе, что купание в этом районе представляет собой серьёзную опасность. Присаживайся, дорогая! — сказал он, подставляя ей стул. — А всё из-за этого коварного течения и бурных волн!

И он протянул жене свежий выпуск Cyprus Mail. Старушка, вежливо поздоровавшись с супругом, с любопытством уставилась в указанную статью. Глаза её живо забегали по строчкам: «Мать не смогла удержать ребёнка в своих руках, и волна, подгоняемая сильным течением, унесла его. Несмотря на скорые действия свидетелей происшествия, которые помогли отыскать ребёнка на дне моря, и на все отчаянные меры реанимировать его на месте, в конечном счёте спасти его не удалось. Он умер через два дня в Никосийской больнице, куда его спешно транспортировали».

Старушка отложила газету и в согласии закачала головой.

Содержание

Юлия Ельнова-Эпифаниу

Кипрские хроники
Memento Mori,
или
Помни о смерти
Рассказы и повести

Главный редактор Д. Кожевникова
Корректор Ю. Жулий
Компьютерная верстка Т. Вашкив
Редактор Ю. Жулий
Обложка Д. Арх

ISBN 978-5-907254-23-7

Подписано в печать: 18.10.2019.
Формат 60x90 1/16. Гарнитура SchoolBookC.
Печать офсетная. Бумага офсетная.
Усл. печ. л. 13,19. Тираж 2000 экз.

Общенациональная ассоциация
молодых музыкантов,
поэтов и прозаиков
Отпечатано в типографии «Белый ветер»
г. Москва, ул. Щипок, д. 28.